寛大なる不寛容

ザーリップ朝第十五代当主「皇帝らしくない皇帝」
トナレイ・イリウスの伝記

我門隆星
GAMON Ryusei

文芸社

序

さまざまな政治的圧力が筆者に寄せられた。元女官長の子で侍従の職を辞し、博士論文を書いて史家の道を歩んだという珍しい経歴のせいもあろう。名前さえ書くことができれば大学進学が可能だった時代の話である。また、保守的な方々がダルハニユ先生の良書『トナレイ・イリウス伝』を「急進的」で「政治的」と見たためもあろう。

だが最大の原因は、保守派の方々を擁護するかのように『雪原の薔薇』を筆者が著述してしまったからに他ならない。その方々が「この御用史学者は侍従出身でもあるし、女官長の子でもあるので味方に相違ない」と考え無茶を言うからだ。

「反ダルハニユ的なトナレイ・イリウス伝を、なるべく政治色が薄くなるように、お前が書け」

よろしい。では、その伝記の主人公、「史上最も皇帝らしくない皇帝」で、栄えあるザーリップ家第十五代当主にしてラルテニア帝国皇位にあったトナレイ・イリウス・

ザーリップについて、一体あなたがたは何をご存じか？

と、筆者は問いかけた。すると、中の一人が不快そうな顔で、奇しくもトナレイ最晩年のときと同じ厳しい口調でのたまう。

「そんなことは、どうでも良い《ティス・トン・レタム・タ・リャ》」

いかなる異論も封殺する、すばらしい言葉である。では、好き勝手に書くとしよう。

と、ここまで考えて、筆者は困惑する。ダルハニユ先生同様、筆者も左記のエピソードに触れざるを得ないことに気づいたからである。

「一定以上の年齢の人ならば、トナレイの名を聞くと思い浮かべるだろうエピソードがある。議会の開会式において、手にした詔書の巻物を遠眼鏡のように丸めて覗き込み、議場を見まわしたというものである。が、この『遠眼鏡事件』は、極東の国王についての週刊誌的な噂が本邦の君主に置換された、悪質なデマに過ぎない」（ダルハニユ『トナレイ・イリウス伝』）

よろしい。デマと史実の区別は、ダルハニユ先生に任せよう。ここでは証言で本書を構成することにする。ダルハニユ先生の著作とは異なり、本書はトナレイ曰く「怖い祖父」ユズィウス・レボフィユから始まる。

時は帝国紀元百二十年十二月十四日、ザーリップ家歴代の霊廟を擁するパレッケルクから、ひなびた町ドンパロイ間の世界初の営業用鉄道（短い路線）がラルテニア鉄道記念日に合わせて三相交流電化された日である。

本書はその性格上、いわゆる「正気ではない患者」のシーンが末尾で描写される。「遠眼鏡事件を起こしたとしても充分あり得る」とみなされた人物の伝記だからである。そのようなシーンが苦手な人、雪や寒さにトラウマを抱く人、あるいは「序文のある書籍はゴミクズに過ぎない」と考える人は、今のうちに本書を閉じることを勧める。右記に該当しない人のみ、しばらくお付き合い願いたい。

また本書は、内密な証言が数多く引用されるため、残念ながら、基本的に情報源を明かさない。情報源の方々やその家族の生命を危険にさらさない配慮とご承知おきいただきたい。

ザーリップ家系図（略図）

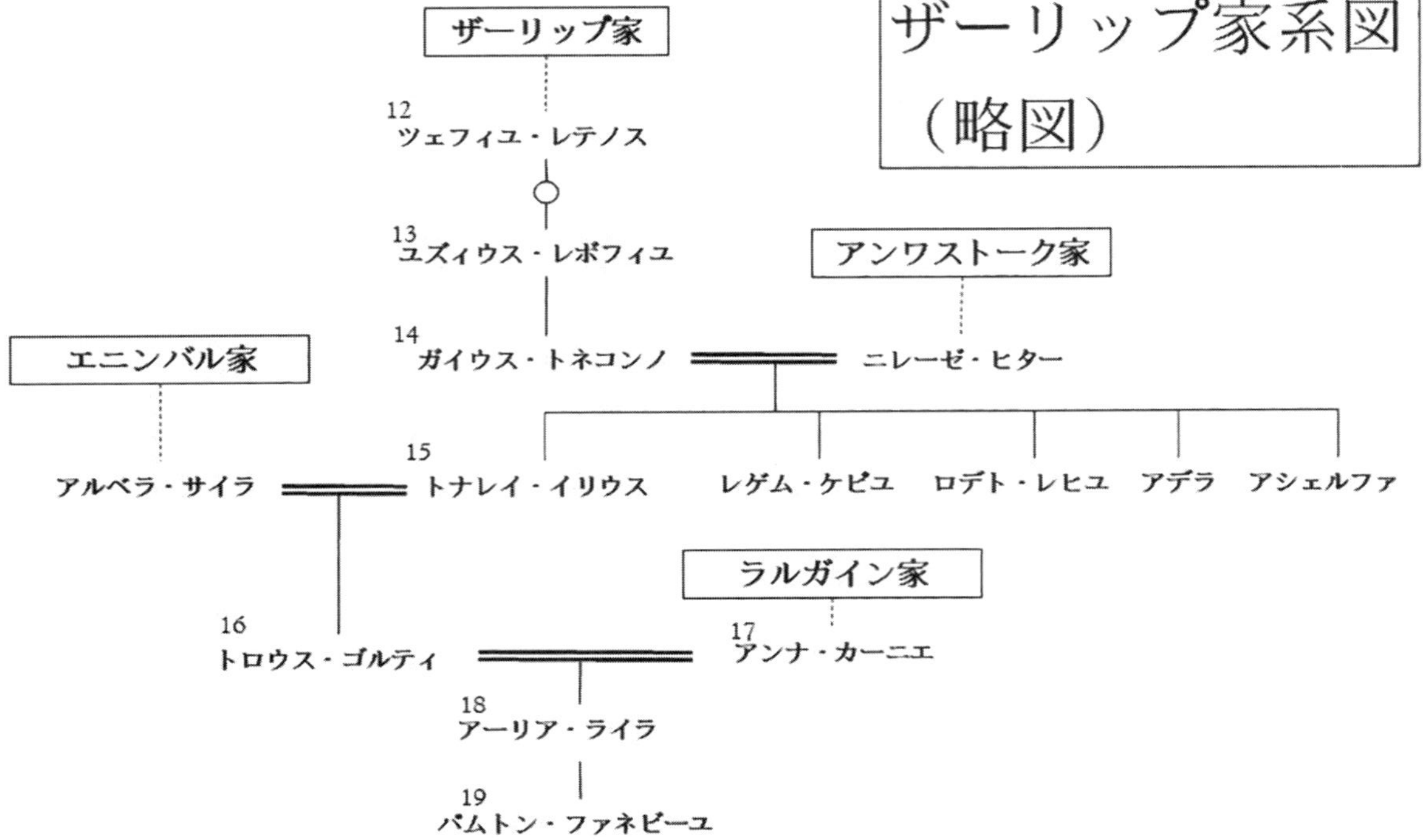
ザーリップ家
12
ツェフィユ・レテノス
13
ユズィウス・レボフィユ
14
ガイウス・トネコンノ
アンワストーク家
ニレーゼ・ヒター
エニンバル家
アルベラ・サイラ
15
トナレイ・イリウス
レゲム・ケピユ
ロデト・レヒユ
アデラ
アシェルファ
ラルガイン家
16
トロウス・ゴルティ
17
アンナ・カーニエ
18
アーリア・ライラ
19
バムトン・ファネビーユ

寛大なる不寛容◆目次

第一部

出生前～少年期

一　怖い祖父

（一）諦めきれぬ学生の諦観

学生が三枚の紙片に几帳面な文字を書く。一枚目は横書きで左から右へ。インク壺にペン軸を浸して、二枚目も横書きで右から左へ。そして三枚目は縦書きで上から下へ、右から左へ。彼は遥か南半球で発見した新生物を三か国語で分類していたのである。

ジペニア語で新生物を「ワー・アン・カン」と命名した。暖炉の薪がはぜる音。ふと視線を向けると写真立てが視界に入る。文通相手の一人、ジペニアの生物学者クマ・ナンの写真である。

彼は微笑する。生物学的資料をキャラメルの空き箱に入れて王子に献上した、というクマ・ナンについての微笑ましいエピソードを思い出したからである。

学生はクマ・ナンに詩を送ろうと考えて、四枚目の紙片を取り出した。自らの俳号《ネペマン・フォホト・ハイク》を「龍水《ロンシュイ》」と記し、五・七・五・七・七音節からなる自作詩を書き付ける。ジペニアの短歌《タンカオ》という様式である。卓上のランプを手に掲げ紙片をよく見る。諧謔がやや強い内容となった。そっとランプを机に戻す。

「遊び過ぎたか」

秋の寒空を温める暖炉に短歌を書いた紙をくべようかと考えた。西洋諸国の十二月は東洋の太陽暦で十月に相当し、そろそろ晩秋の頃である。が、闖入者が別の意味で学生ユズィウスの独り言に同意する。

「そのとおりだ。学問は必要最小限で止めねば、遊びに過ぎない」

入室時にノックがなかったことを咎めようかと考えたが、闖入者である祖父にユズィウスは頭が上がらなかった。そもそもドンパロイ工科大で生物学を学ぶことを許可したのは、祖父だったからである。祖父はドンパロイ工科大の大スポンサー、ラルテニア帝国皇帝でもあった。

皇帝は自身の息子を「廃嫡する」と告げた。そして孫ユズィウスの立太子礼を執り行うと宣言した。

「では大学は？」

「卒業するまでは国事行為を待ってやる」

「飛び級で卒業して大学院へは？」

「在学中から結婚したというのに、それは許さぬ。学士課程で満足せよ」

ユズィウスは不承不承、承諾し、短歌を暖炉にくべることを思いとどまった。が、この妥協は良くない影を落とすのではないかと懸念する。そして、物理学に関するセレシアの金言を短歌の下に書き付け、百年以上隠されることとなる鍵付きの手文庫に収めた。

「物事には作用もあれば反作用もある」

ユズィウスの懸念は、良い意味でも悪い意味でも、現実のものとなっていく。

(二) 洗礼名を二つ持つ王子

皇太子ユズィウスの長男はガイウス・トネコンノと名付けられた。ガイウスは北方の聖人に由来し、個人の保護者の意である。トネコンノは南方の聖人に由来し無垢を意味する。が、皇太子ユズィウスが欲張って赤子に二人分の聖人の名を付けた、というわけではない。

ラルテニア帝国の北部国境の外では、各王国が戦争に明け暮れていた。しかも、各王国の中のいくつかをラルテニアが支援してもいた。ガイウスとは、皇室が北方に迎合した名前だったのである。

一方で教会は、中近東の異教徒大帝国セレシアに脅かされる地中海沿岸を懸念していた。異教徒に対する結束を皇太子の息子に期待し、トネコンノの名を洗礼名として与えた。

皇室は教会の懸念を「もっともだ」と了承する。教会もまた戦争への対処を国が果たすことを「もっともだ」と了承した。結果として、皇太子の長男には南北両方の聖人の名が付けられたのである。

もはや国際情勢はラルテニア皇太子に学問の専門的研究を許さなかった。戦中でも生物学の研究を続けたジペニア王とは好対照である。議会君主制帝国の元首たる皇帝の補佐を皇太子ユズィウスは存分に果たす。帝国紀元百二十七年には、祖父から譲位されるまでになった。

学問研究への道を精神的にも物理的にも鍵付き手文庫に封印した新皇帝ユズィウスは、相次ぐ戦乱を鎮めるべく獅子奮迅の働きを見せる。直接的な命令ではなく、君主らしい示唆による政府閣僚誘導といった手段によって。

中近東から地中海への出口とも言えるヴァストリアントゥオ地方に、ラルテニアは橋頭堡となる植民地をいくつか築き中近東からの軍隊進出を牽制した。

また、以下の状況は当時西洋諸国ではありがちだったのだが。点在する国防拠点の城塞を巡って移動する中世式の宮廷から都市宮殿の中に常設された近代的な宮廷への脱皮を図った。西洋各国で主流となる様式であるが、ザーリップ家が先鞭をつけた。

具体的には、ドンパロイ、ラモキエリユ、クロイゼドラウグ、テオティワケンにまたがり、しかも覆いつくすように統合した「神が切り開きたまう地」、巨大な新都フロイデントゥクと新宮殿の建設である。

　本書では、ユズィウスおよびガイウス治世下の建設事業について、右記以外に言及しない。どうでも良いからである。お膳立てが巧妙で「神秘的皇帝」と呼ばれたユズィウスを周囲は畏怖し、あるいは遠慮した。彼の後の孫トナレイ曰く、ユズィウスは怖い祖父だったからであろう。なお、ユズィウスの性格は長男ガイウスにも影響した。

　ガイウスは父親以上に慎重に発言し、自らの子の命名をユズィウスに委ね、控えめに振舞った。とはいえ末娘アシェルファのみは幸福《アシェルファ》になるようにと、ガイウス自身が名付けたらしいが。

　ユズィウスの懸念した作用と反作用は、ラルテニアの発展をもたらし、将来の大帝ガイウスを誕生させ、初期の段階において良好に働いたと言えるであろう。

二　怒らない厳父

(三)　院政《レチヨルキ・エルル》

かつて洋の東西において、宗教法人は教育機関と医療機関を兼ねていた。老いると病気がちになるのは古今東西変わることがない。君主たちは、老化していく自らの体躯への対処を迫られた。

不老不死の薬を探すという愚挙に出る者も現れた。死ぬまで玉座に固執した者も珍しくない。また、後継者に譲位し、宗教法人に自らを委ね、治療に専念することを選んだ者もいた。

だが、譲位後の君主の多くが自らの権力を放棄しきれなかった。西洋においては、譲位後の引きこもり先であるはずの修道院の柱廊に政権担当者を呼びつけ、あれこれ指図する者も現れた。これを史学用語で柱廊政治《レチヨルキ・エルル》と言う。柱廊《レチヨルキ》の語に閉ざされた《デソルキ》語感を感じた者は、正しい直感の持ち主だろう。というのも、柱廊とは「閉ざされた」という語を語源とするからである。

今日の史学界においても、譲位後のユズィウスの振舞を「柱廊政治」と呼ぶことに議論がある。不本意ではあるが、以後、ジペニア語で「院政《インジヨン》」と呼ぶことにしよう。柱廊政治よりも、まだ違和感が少ないからである。当時の西洋の感覚でも四十代の年齢での譲位は早いという印象がある。

一方、ジペニアでは早期に譲位し後述のような二帝体制を維持した例がある。

「本邦には皇帝陛下が二人いらっしゃる。一人はラモキエリユに、もう一人はエディヒドフに」

譲位したはずの先帝が隠居所のエディヒドフから政治に介入していることを揶揄する冗談が人口に膾炙した。この冗談には、エディヒドフ修道院をユズィウスに乗っ取られてしまった、ツキデネプ修道会の怨嗟の思いが見え隠れしている。

ラルテニアの当時の東隣であるコニギア帝国帝室ホーヘングレペン家は、風光明媚なファンデン川流域に築かれた巨大な要塞の一つを改造し、世界最大級の蔵書を誇る豪壮なクレーメン大修道院としてツキデネプ修道会に寄進していた。

「修道院を新たに寄進するどころか、既存のものを奪って宮殿にしてしまうとはコニギアにも劣る。本来、信仰の擁護者がザーリップ家であるはずなのに」とエディヒドフ修道院を擁していたツキデネプ修道会は嘆いたのである。

院政時において、政策担当者が先帝と皇帝との間を右往左往することにより政権の方針は混乱しがちである。が、ユズィウスとガイウスの場合、双方が補完しあったため現場への混乱は少なかったという。

一例を挙げよう。クロイゼドラウグの市街は中州の中に位置する。そもそも円形《クレッ》の中州の防御柵《ダルグ》がクロイゼドラウグの語源である。隣接するラモキエリユとは川で隔てられている。新都建設に際して、クロイゼドラウグ～ラモキエリユ間の道路整備と鉄道敷設が計画された。同時に川を渡るための橋梁建設も行われた。クロイゼドラウグ新宮殿近くには生命力を意味する聖人の名にあやかりユズィウス橋が架けられることとなった。先帝の名に迎合したのである。

「しかしながら」

初夏でも薄暗く涼しい柱廊において、財務卿（後の大蔵大臣）が先帝と皇帝に反論する。

「新鉄道の建設費は非常に高額となります。貨物のための引き込み線や、さらに蒸気機関車の転轍機を設置するための広大な敷地も必要です。周辺地域のガス灯の整備のやり直しも含めますと……」

「転轍機などは不要だろう？」

息子である皇帝が尋ねた。

「転轍機がなければ、機関車の向きを変えることができません」と財務卿。

先帝と皇帝は顔を見合わせる。先に先帝のほうが、皇室と財務卿との間の認識の齟齬に気づく。

「貨物列車は、新都の外縁部に留め置く。ユズィウス橋を渡る鉄道は貨物を運ばない。ユズィウス橋は主に人と人を運ぶ車のために架けられる」

「ではありますが」と財務卿が食い下がろうとする。が、皇帝が遮った。

「新都を走る路面電車はもっぱら人を運ぶようになる」

さらに先帝が付け加える。

「そもそも蒸気機関車を用いるつもりは、ない。動力はすべて電気、つまり電車とするように」

皇帝は先帝の言葉に頷いているが、居並ぶ重臣たちにとって新技術は懐疑的なものだった。

「電気などという最新技術は蒸気機関と比較にならないほど高額になります！」

財務卿の言葉は正しかった。

「そのような工事をしていては国庫が破綻……」

「破綻はせぬ。『修道院隠居費』から出資する予定であるのだから」

珍しく気色ばんだ口調で皇帝が口をはさむ。

「先帝陛下、内帑（皇帝の手許金）から出資しようと考えていたのですが」

「では二人の共同出資、かな」

財務卿は首を横に振りながら同意した。かくして新都の電気・上下水道・鉄道網は、急速に整備されていったのである。

(四) 水難

ファンデン川の沿岸にイェレロールという名の、川岸を睥睨《へいげい》する標高百三十メートルほどの絶壁の岩山がある。絶壁の上から望む、青い水辺・広がる緑のブドウ畑・点在する古城の光景は実に美しく、今日でも世界有数の観光地となっている。

現地の住民が東洋からの観光客に迎合し、ジペニア文字で「イェレロール」と絶壁に刻んで物議をかもしたことすらある。が、前近代に浚渫・川幅拡張工事がなされるまでイェレロール近辺は複雑な急流が渦巻き、国際河川ファンデン随一の難所だった。「妖精イェレロールの歌声に聞きほれて難船した」という未熟な船員の言い訳は、娯楽に飢えた人々に恰好な材料を提供した。

「水底にはファンデンの黄金が隠されており、その秘宝を手にした者は世界を手にすることができる」という幻想物語を作る者が現れたり、その物語を元に四夜連続で上演する歌劇を作曲家がこしらえたりした。だが、イェレロールだけがファンデン川流域の難所であったわけではない。操船も造船も未熟な当時において、船旅は今日よりもはるかに危険だったのである。

帝国紀元百四十九年、コニギア船籍貨物船ノタンロン号がレノット湖を出発。コニギア領を離れ西隣のラルテニアに入り、オルム近辺で沈没した。ヴァストリアントゥオ植民地向けの貨物が沈んだだけならば、まだ良かっただろう。だが、ノタンロン号は格安でラルテニア人とコニギア人乗客を乗せてもいた。しかも、コニギア人乗客は全員無事に脱出し、ラルテニア人乗客は全員水死した。

「同胞の死に不審な点がある」

ファンデン川下流のレーデンスドナル州検察当局は、ノタンロン号エッカルト船長以下の船員にさまざまな嫌疑をかけて拘束しようとした。ここで皇帝・先帝の二人がそろって出座し、儀典局を動員して要員を確保するや、エッカルト船長以下の船員をかくまって国境の向こうのレーゲンカーベルの町までコニギア人たちを護送してしまう。ラルテニアと熾烈な植民地獲得競争を繰り広げていた、当時の世界最大陸軍国コニギアを刺激したくなかったのである。

しかし二人の行動は裏目に出た。「人に生まれながらの貴賤の隔ては本来なく、学問の差のみにより区別が発生する」と主張するレーデンスドナル時事新報《ライルーク》記者のラルタンリーヴは、新聞紙上で激しくコニギアを非難した。これに在レーデンスドナル・コニギア領事が不快感を表明する。

レーデンスドナル地方からラルテニア全体に反コニギア感情を醸成することになった。だが、両国が衝突することはなかった。二国間の互いの反感を別の水難事故の影響が水を差して、騒動を静めたからである。

帝国紀元百五十一年、セレシア海軍所属フリゲート（帆船）ラルハトラ号がラルテニアとコニギアを表敬訪問する。表敬訪問という名の威嚇であることを三か国は正しく理解していた。ところがラルハトラ号までもがファンデン川（ラルテニア領）のトロプキッツ近辺で沈没してしまう。さらにあろうことか、コニギア領内を通過してセレシアに帰還する際に、椅子輿《ニュニャラプ》で移動中の使節一行を警備中の巡査の一人がサーベルを抜刀して襲い掛かる事件まで発生している。

セレシアは大人の対応を示し、いずれの件についても不問にして外交的な問題にしなかった。その寛大な処置がかえってコニギア、ラルテニア両国を疑心暗鬼の渦の中に放り込んでしまう。

また、ヴァストリアントゥオはセレシアの強い影響下にあった（元々セレシアが領有していた）。コニギアとラルテニアはヴァストリアントゥオに有する植民地を介して、しばらくセレシアの圧迫に怯えることとなる。

（五）強力な外戚

本書は、帝国の北部国境の外で戦争に明け暮れていた各王国について言及した。が、詳細についての著述を避けた。どうでも良かったからである。

だが、ガイウスの妻となる人物（本書の主人公トナレイの母）について説明するためには、簡単にでも各王国について触れずにはいられない。その中の一国の出身者だったからである。煩雑な国際関係の描写を避け、簡単に概観するとしよう。

比較的小さい各国は、左記のように分類できる。

- 教会の人脈を通じて地中海との貿易にて生計を立てようとする諸国
- 右記の国々の侵略を恐れ、東南方面からコニギア帝国の援軍を期待する諸国
- コニギアの野望を恐れ、より遠い北方の帝国の庇護を期待する諸国
- 右記のような西洋に失望し、中近東のセレシアに迎合しようとする異教徒

以上のような各派にあって、アンワストーク家は数少ない例外の一つであった。いずれの策も危険に見えるので、あえて独立を志向する国である。ザーリップ家は、独立派の諸国を支援していた。当時のザーリップ家は、それほど強靭とも言えず、強大な複数帝国との緩衝地帯として、自国の北隣を温存しておきたかったからである。

独立派の国々以外の各国も、経済的・文化的・軍事的に自立していたわけではなかった。アンワストーク家からニレーゼ・ヒターが皇帝ガイウスに正妃として嫁いでからは、北方の勢力図は大きく塗り替わる。アンワストーク家が他国を次々と併合していっ

たのである。

北方諸国は反アンワストーク家で団結し、アンワストーク家の所領のことごとくを奪ってしまう。トナレイが十六歳の頃のことである。だが、二帝体制あるいは院政下のラルテニアは反撃のための一大支援をアンワストーク家に行う。最後にはノレンバン帝国の名のもとにアンワストーク家が各王国を統一してしまう。トナレイが十九歳のときである。

アンワストーク朝ノレンバン帝国は独立を堅持することにより、ザーリップ家に恩を売ることになった。緩衝地帯の役割を十分に担ったのである。これによりザーリップ家はアンワストーク家に遠慮するようになった。

かくしてアンワストーク家は、ザーリップ家外戚の地位を順調に固めていく。だが、アンワストーク家とザーリップ家の、いやニレーゼとトナレイの妻との間の将来の軋轢をトナレイ幼少の折に予想できた者は、おそらくいなかったであろう。

(六) 失火

正史の資料において、トナレイの父・ガイウスは幾度となく怒りを大臣たちや軍人たちにぶつけては叱咤激励している。しかしトナレイの回想によると、様相は全く異なってくる。

「父帝ガイウス陛下は常に穏やかで怒った様子をまったく表されなかった。ただ一度、余がセレシア語の勉強に使っている辞書に国際音標文字ではなく、シルニェ語を記載するナムール文字で発音が書かれているのを見て激怒されたぐらいか。『こんなもので正確な発音ができるものか』と仰せになったのである」

二人の認識の齟齬をテーマに書くと、「すぐに絶版となるどうでも良い書籍」の量産にしかならないので遠慮するとしよう。だが、そのガイウスであるが、晩年、火を極度に怖がった（ということが正史では省かれがちである）。新宮殿の暖炉は、外から炎の見えない、美しく華やかな大型陶器製ストーブに置き換えられた。威信財としての装飾だけではなく実用的な役割も期待されたのである。

また、当時では初期費用や運用費も高額だった電気ヒーターも大々的に導入された。火災による、建設中宮殿の焼亡を恐れたのである。

「アンワストーク家再建中の複数のヴェムトクス戦争において、戦火が首都にまで及んだ。建設中のクロイゼドラウグ宮殿は、当時、屋根や梁は木造であり、かつ石の壁の木枠の火災が全体に回って焼失した」と正史には書かれている。だが、証言による事実は多少異なる。首都にまで到達した砲声・銃声に驚いた女官がランプを落とし、火が回ったのである。

ザーリップ家は、女官による失火をなかったことにした。しかも三回にわたって。正史は権力者によって編纂され、証言による事実はなかったことにされる。建設中の新宮殿の焼亡の回数も一回のみ、戦火によるものと改められた。

本書は、歴史改ざんの是非について一切指摘しない。きりがないからである。大帝ガイウスの勇敢な行動に、建設中新宮殿の三度におよぶ失火の影響を見ることはできないであろうか。ガイウスの臆病かつ大胆な姿勢は失火の対応と考えられなくもないからである。

本書の主人公トナレイの父ガイウスの、当時の複雑な西洋各国の国際関係をなんとか収めようとする行動は、まさに失火に対応する人の行為であるかのように見えるのである。

三　寛大なるイリウス

(七) エンボイアム

いくつかの写真がある。一枚目はつぶらな目をこちらに向けた赤子の写真。口が少し「へ」の形になっている。赤子は不快に感じているわけではない。無意識のうちにそのような形で口を閉ざす癖をもう発揮しているのだ。

赤子は洗礼盤から出されたばかりで、繦褓《むつき》にくるまれ手には銀の匙を持っている。銀の匙を手に生まれるという言葉は、幸運で食事に困らない人生を約束されたという意味を持っていた。食糧事情があまり良くなかった当時、西洋各国の貴族は競って自身の子の洗礼式に銀の匙を与えることを習慣とした。

皇室と教会の神秘的な利害一致により、ガイウスが二人分の聖人の名を受けたと書いた。問題はガイウスの長男である。

新生児の祖父・先帝ユズィウスは、初孫の名として「ツェンメルコス」を希望していた。寛大という意味の南方の聖人の名である。当時、セレシアの圧力が地中海地域に押し寄せていた。北方の動乱が片付かないうちは、南国の民により寛大な心掛け（自制心）をユズィウスは期待したのである。

教会はザーリップ家に国際的・地政学的影響力を期待した。洗礼式で教会の与える名と親の与える名を件の匙に刻むことはよく行われていた。教会は匙を差し出す。その匙にはあらかじめ大きく「イリウス」と刻まれていたのである。

イリウスとは神君・至高の聖人で、ザーリップ家の遠祖である聖ユビウスの俗名である。西方世界ではありきたりな洗礼名ではあったが、将来の皇帝となる予定の赤子に至高の聖人の俗名を与えることで、強力なリーダーシップと信仰の擁護者という原点回帰を教会は皇室に期待したのである。

皇帝ガイウスは困惑する。匙に文字を刻むスペースは限られている。イリウスという名が大きく書かれていたため、洗礼名の前に刻むにしても後ろに刻むにしても、あまり長い文字は刻めそうにない。ましてや「ＺＮＥＭＥＬＣＯＳ《ツェンメルコス》」という文字など入りそうにない。

　途方に暮れた皇帝ガイウスは先帝ユズィウスを見る。ユズィウスは匙を息子の手から取り、自ら端正で細かい文字を「イリウス」の直前に刻む、「ＴＮＡＬＥＲＪ」と。「トナレルジュ」とも「タンレリ」とも発音しない。エンボイアム語で「トナレイ」と発音する。シルニェ語の「寛大な《タンレロト》」を語源とする。

　ざわっ、と一同が驚愕とも困惑ともつかない声を漏らす。当時の首都ラモキエリユが位置した、後の新首都フロイデントゥクを含めた広大なカルデラ内の原住民の話すエンボイアム語は、上品な言葉とは見られていなかった。至高の聖人の俗名イリウスを形容する卑俗な寛大という言葉。さらには「西洋のリーダーだと？　信仰の擁護者だと？　まずは国内の充実からだ」と言う先帝ユズィウスによる教会への断固たる拒否の姿勢。

　教会関係者は何もなかったかのように新生児のトナレイ・イリウスを祝福する。彼らは内心かなり傷ついたことであろう。

「皇子皇女の命名は、今後とも先帝陛下にお願いいたします」

格式高い言い方で皇帝ガイウスが父の先帝ユズィウスに言う。ユズィウスは黙って承諾した。

次の写真はトナレイが三歳ごろのものである。ガイウスが願ったとおりユズィウスが「ケピユ」と名付けた、次男レゲム・ケピユ一歳の時の写真である。

トナレイは中央に立ち、横に座る老婆にしっかりと手を握られている。よく史書は「皇太后エレナ」と誤って記すが、実際は皇太后ハトラマ、つまりユズィウスの後妻である。そして中央後方に高くレゲムを掲げる皇后ニレーゼが映っている。後妻の愛情はトナレイをまっすぐ歩くように仕向けたともいえるであろう。

次の写真はどの史書にも出ることがなく証言者により提供されたものではあるが、トナレイが五歳ごろのものである。ユズィウスが「レヒユ」と名付けた三男ロデト・レヒユ一歳の時の写真である。この頃になると教会も皇室も子供の名前で張り合うこともなくなったのであろう。好い加減な名前になっているからである。教会も皇室も民衆同様に疲弊していたのかもしれない。相変わらず第何次ヴェムトクス戦争やら第何次ダルハン紛争やらと戦乱は続いていたのだから。

特筆すべきは写っている登場人物の視線がバラバラであることである。皇太后のみ一人まっすぐ将来を見越すかのようにカメラを見据えている。皇太后の膝に座るロデトは戦艦のおもちゃを手に明後日の方向を見つめている。右横に立つトナレイは献上されたカメラを手にして、兄弟から視線を逸らすかのようにロデトの視線を追っている。後にトナレイはカメラに凝りだし自らの妻の写真の撮影も行う。なお、彼の撮影した妻の写真が後述の銅像のモデルとなる。

そして右端の椅子の上に座るレゲムは、兄弟から視線を逸らすかのように自動車のおもちゃを手に斜めにカメラを見ている。彼らの将来を暗示するかのようではあるが、未来の悲劇を直接予感させるものは何もなかった。

ラルテニア帝国の公用語はシルニェ語であるが、トナレイという語がエンボイアム語だったためか、トナレイと兄弟たちはエンボイアム語で会話したという。すると、教会関係者に「聖歌はエンボイアム語で唱えるべし」というエチケットまで新たに登場したのである。そういうこともあってエンボイアム語の「卑俗」という印象は完全に払拭されることはなかったが、徐々に薄れていったと言えるだろう。

（八）愛らしき少年《ユレヴォル・ヨブ》を巡り食い違う証言

本書の冒頭で「トナレイに関連付けられた『遠眼鏡事件』はデマである」と記載した。ダルハニユ先生の著作は各証言者の食い違いを指摘し、無理のない資料でトナレイの伝記を構成している。だが、もしも無理のない資料自体が虚偽を含んでいれば、何を信用すれば良いのであろうか。その無理のない資料が無難な新聞報道であり、必ずしも信用できぬ場合はどうなるのか。

本書のようなマイナーな書籍を開こうと考える読者は、フレーデンスラント問題について聞いたことがあるかもしれない。念のため簡単に言及しておくと、ラルテニア帝国の基礎を築いたフレーデンスラント王国（例の大カルデラの名前をフレーデンスラントと言った）の建国時の問題のことである。

正史をつなぎ合わせると、フレーデンスラント王国の建国時期が資料により百年の誤差が出てくるのである。正史は、その誤差をごまかしている。本書では、フレーデンスラント問題について深入りしない。正史といえども一度は疑ってかかったほうが良いとのみ指摘する。そして、冒頭でも記載したように、本書は何が正しいかということの検証を基本的に放棄する。

と記載しても読者が納得できたとは到底思えない。そこでトナレイ少年期のエピソードを一つだけ紹介するとしよう。先帝ユズィウスは書き残している。第何次かのヴェムトクス戦争の際、ラモキエリユからエルクタイクに皇帝ガイウスが単身疎開した、と（図のA）。ガイウス本人は同時期に「妻と長男次男のみを連れてエルクタイクに疎開した」と書き残している（図のB）。

トナレイ本人の回想によれば「その頃、母と次男はエルクタイクに、そして『孫は一人、手元に置きたい』との意向でトナレイ一人がエディヒドフのユズィウスの元に赴いた」というのである（図のC）。そして正史は何を信頼すれば良いのか不明だったため、ヴェムトクス戦争期における宮廷疎開について一切沈黙している。

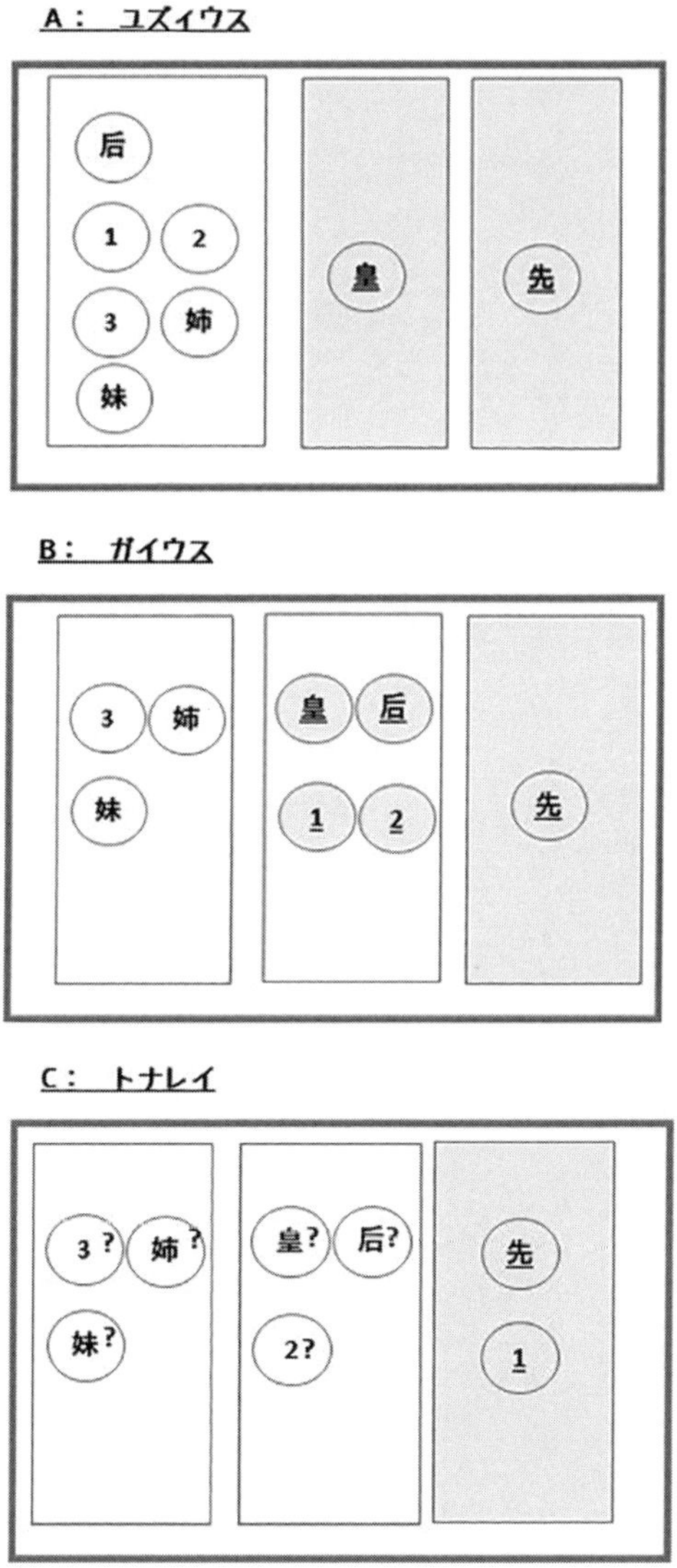

長女の証言も加えるとさらに混迷の度を増す。後年、トナレイの弟のレゲムもロデトも比較的若くして薨去する。二人の弟の死後、トナレイは末の妹アシェルファではなく、長女のアデラに頼るようになる。文通はトナレイの最晩年まで続けられた。

アデラは後述の侍従の前で回想している。
「わらわは幼いころ体が弱く、一方、兄君は水泳を嗜むぐらいに体が強かった。わらわのために、『運動のためにいっしょに走ろう』と兄君は仰せになり、わらわにもできそうなペースで走ってくれた」

宮廷疎開のある時期、少なくとも長女アデラは「運動のために一緒に走る」と言うぐらいに、長兄トナレイの側にいた時期があったはずである。彼らの証言をまとめると全体像が混乱してしまう。少なくとも宮廷疎開のある一定の期間、トナレイは「一人ではなくアデラの側に、あるいは同じ住居にいた」という意味になるからである。

トナレイの葬儀の日、高校卒業当時の写真を見て彼の妹二人は「愛らしき少年」と口走った。愛らしいかどうかはともかく、相変わらずへの字に口をしっかりと結び、まっすぐカメラを凝視している。妹たちによれば、彼の弟たちは「喧嘩ばかりしていたが、長兄トナレイ陛下はその喧嘩に加わることがなかった」という。長男として責任感を持って兄弟間の調停を行っていたのであろう。もちろん写真の彼は自らに降りかかる将来の重い試練についてまだ何も知る由もない。

第二部　青壮年期

四　大戦と教員免許

(九) 大勝負《テルゴン・エマーグ》

自慢できた話ではないが、私は大学の講義をあまり熱心に聞かなかった。そのため か、講義で教鞭をとる立場となった私にとって、対面方式でもリモート方式でも、「講義をあまり聞いていない学生」が自分自身のことであるかのようによくわかる。そう いった学生に質問すると、トナレイの長男でもない限り何も答えることができない。

「そこの君。ジペニアとは、どこにあるかね？」

「東洋」と答えればまだかわいいといえる。「中東」と答えるのも正解とはいえないが、実は不正解ともいえない。何と件の学生は「地中海」と答えたのである。

不本意であるが、ここで帝国紀元百七十年代の西洋・中近東の状況を簡単に触れておこう。トナレイならば、「どうでも良い」と退けそうではあるが。

かつてセレシアは超大国だった。図の地中海南部のアルクシーン島南部、アルトンス島、ヴァストリアントゥオもネアーレンスも領有していた。しかし帝国紀元百七十年代のセレシアに以前ほどの勢いはない。各地の砂漠化進行により世俗的な中心である東部と拝火教本山のある西部との連携が悪くなりつつもあった。図ではチェディア、ラルテニアとあるが、両国とも国称が数回変更されている。本書では煩雑さを避けるため、チェディア、ラルテニアに統一する。

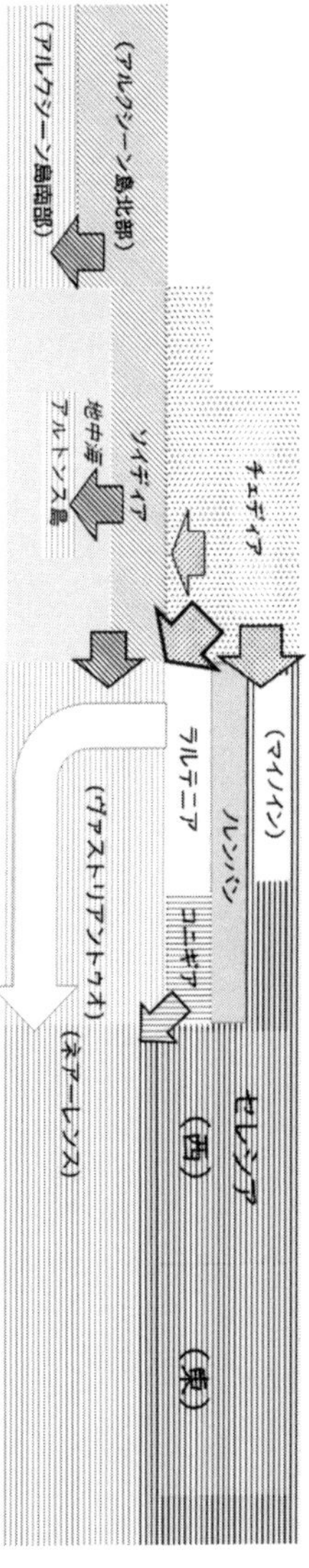

軍事的空白を突いて、おずおずと西洋諸国は進出を図る。ソイディアは地中海沿岸に、ラルテニアはヴァストリアントゥオ経由でネアーレンスに。コニギアもラルテニアと同じことをしようとするがセレシアに妨害される。

北の大国であるチェディアは地中海方面に南進しようとして阻まれる。次にラルテニア・ノレンバンに南進しようとして、やはり阻まれる。だからといってマイノインに東進しようとすると後が怖い。西洋諸国の中で最も順調にセレシアの影響地域へ進出していたのがソイディアだったからである。

セレシアはソイディアの進出をある程度黙認している節がある。セレシア・ソイディア連合軍にチェディアに攻め込まれてはたまったものではない。ソイディアにはそういう前歴がある。

このような状況を、まるで各国が将棋盤の上で一斉に駒を動かしあっているように見えることから「大勝負《テルゴン・エマーグ》」と称することがある。トナレイにとっては、政治・外交・軍事などよりも、大学入学、資格取得、結婚といった私的な事情こそが、大勝負の連続だったと言えようか。もっとも、トナレイの人生に賭博の影は見られない。トナレイを貶めようとする者も賭博に耽溺したという史料を発見できなかった。投資についてもかなり堅実に借金で資金調達し、利益で借金を返済するという程度に行っていたからである。

ただし、妹たちは知らなかったが、彼は酒を好んだ。葡萄酒やブランデーをよく飲んだが、酒好きとは見られなかった。後述の侍従の証言によると、若い頃に酒で失敗したのでなるべく飲まないようにしていたからである。いかなる失敗かは分からず仕舞いである。ダルハニユ先生は「いかがわしい店に入ったこと」と類推しているが、彼にとって好きな酒を遠ざけることのほうが大勝負だったかもしれない。

（十）教育学部学生

「生物学者の祖父や文学者の父ほどには頭が良くなく、他に行くところがなかったから教育学部に進学した」と、トナレイはわざわざエンボイアム語で自嘲している。が、これはトナレイの言い過ぎというものであろう。彼の妻の才媛ぶりに頭が上がらず、そのように自嘲したと考えられる。

「『教師など志望するものではないぞ』と父帝（ガイウス）に言われた」ともトナレイは回想している。一方で彼の妹たちの証言によると様相が異なってくる。「父も母も『教育学部への入学こそトナレイにふさわしく非常に良い』と喜んでくれた」とのこと。

相変わらず「何が正しい」のか判断しづらい。が、前述の妹たちの証言を再掲するとトナレイの回想は誇張であると言えようか。

「トナレイの弟たちは喧嘩ばかりしていたが、長兄トナレイ陛下はその喧嘩に加わることがなかった」

両親は調停者としてのトナレイを見ていたに相違ない。兄弟間のみならず、皇太子として宮廷で重臣たちと将軍たちとの意見の取りまとめもしていたのである。だからこそ「一同の調停者兼リーダーシップを発揮するべき者として、教師のための勉強はトナレイにふさわしい」と皇帝皇后は喜んでみせたのであろう。

また「教師など志望するものではない」などとトナレイの父親・皇帝ガイウスはわ

ざわざ公言しなかったであろう。冗談めかしてそのように耳打ちしたとも考えにくい。しかしトナレイの祖父・先帝ユズィウスが教師について否定的な感想を漏らした可能性はある。

というのも史書が一切無視している手記において、ユズィウスは自らの不満を忌憚なく書き散らしているからである。「教師という人種は面白からぬ」「官僚という人種は面白からぬ」といったように。ユズィウス本人は隠していたつもりか、彼の手記には「博物学者として身を立てたい」という願望なども記されている。

だが、ユズィウスの手記は帝国紀元百七十一年の秋で終わる。その頃、ユズィウスの病状が悪化し寝込んでしまったからである。そして百七十二年五月二十八日、ユズィウスが崩御する。不思議なことに死因は記されていない。ただ「眠るように往生を遂げる」と正史が語るのみである。死因が書かれなかったことで謀殺説や陰謀説が出たが、本書では取り上げない。そろそろ察せられると考えるが、どうでも良いからである。

トナレイは旅を好んだ。学生時分から各地への視察旅行に巡啓し、さまざまな魅力的な発言を掲載した新聞報道がダルハニユ先生の著作に溢れている。ここでは先生が触れなかった、文書化されず匿名の証言によるエピソードを一つだけ紹介しよう。「各地を旅してファンデン川を見ると『帰って来た』という気になった。それほどまでに水辺の景色が好きだった」

確かにトナレイ自身の撮影した「水辺の光景」の写真が数多く残されている。

いずれにせよ本書の主人公トナレイは、シルニェ語の文法教師としての学問を始める。第一外国語としてトナレイが西洋世界共通の教養語テントロイートスを履修したのは当然である。そして第二外国語として、他の多くの学生同様、トナレイは教養語兼リンガ・フランカでもあるセレシア語を履修する。

当時、セレシア語は圧力を西洋諸国に再びかけ始めた超大国の言語で、西洋においては純粋に教養語の扱いだった。かつてセレシアはヴァストリアントゥオを領有していた。そして相次ぐテロリズムに嫌気がさし、紛争地域の領有を放棄しようとしていた。西洋諸国がヴァストリアントゥオに進出することをセレシアはある程度容認した。紛争地域で武装勢力と西洋諸国双方が疲弊してから再占領すればよいと考えたのである。将来植民する予定地の言語であるセレシア語を習得することは、植民地経営に携わるための教養に必要とみなされたのである。

なおトナレイのセレシア語能力は芳しいと言えなかった。後述の侍従によると、彼の息子トロウスにさえ誤りを指摘されることがあったという。たとえばこうだ。

「私セレシア語を話しません《アナジュ・ツアル・ラパハ・ヌル・シルシー》」とトナレイ。するとトロウスが「否定のツァル〜シャプ構文になっていない」と指摘したというのである。

もちろん正しくは、「私はセレシア語を話しません《アナジュ・ツアル・ラパハ・ヌルハ・シルシー・シャプ》」という。途中の活用誤りはともかく、否定構文で必要な末尾の語が抜け落ちていたのである。

だが、トナレイに言わせるとセレシア語の不正確さも「どうでも良い」ことになろう。というのも、当時の西洋諸国は、もうじき机上の空論としての教養語どころの騒ぎではなくなる。後年「砂嵐《ノミス》」と形容された大戦乱「セレシア大戦」の渦に西洋諸国が巻き込まれようとしていたからである。

（十一）悪しき勧善懲悪省

セレシア史を講義していた際、しっかり予習してきた学生に勧善懲悪省を一言で説明させてみたことがある。

「……聖務会院《イクシエチャヴシー・クシュスレワルイ・ドニス》？」

「それは、ルブソール語で三語になるので、良くない」

「では宗教会議《ドニス》？」

「実態と異なるので良くない」

そこで別の学生が不正解とは言いがたい妙案を答えた。

「自身にとっては勧善懲悪であっても、民衆にとっては勧悪懲善である組織」

私の用意した「エゴイスト」を超える答に未だ出会えないことが残念である。もっとも、本来、エゴイズムとは対極にある思想がセレシア拝火教だったはずである。が、「宗教は正しくても妄想のような誤った想念で教団が動けば、真理に到達できない上に結果も誤る」（ジペニア人禅僧ムソ・ソシ）ということも、洋の東西において一面の真理を示していよう。

帝国紀元百七十五年、セレシアで革命が勃発した。一般民衆が専制政治を打破したのならば、まだ良かったのかもしれない。ところがこの革命はヴァルハプ朝の帝王《ユル・ウド・アハス》から拝火教教団に政権を移しただけだった。のみならず「セレシア教皇国」と自称し、国の内外に強硬な原理主義的対応を始めたのである。手始めに彼らにとっては異教徒である、西洋のフロイディアン・ボルストン教諸国に法外な貢納金を要求した。当然、諸国は要求を拒否する。するとセレシアは代償として地中海を行きかう船舶を自国の商船も含め片っ端から拿捕していったのである。

当初、西洋諸国の足並みは揃わなかった。チェディアとソイディアは互いに疑心暗鬼に陥っており「いっそ『あちら』がセレシアにやられれば良い」と考えていた。ノレンバンは「コニギアとチェディアの勢いを削いでくれれば良い」と考えていたし、コニギアはヴァストリアントゥオ経由でラルテニアを攻撃してくれれば、ファンデン川流域全域を我が物にできるかもしれない」と期待してもいた。ラルテニアは「コニギア領をセレシアが侵攻してくれれば、あの領土をセレシアと分け合おう」と仇敵の衰退を望んでいた。

　百年以上前に反故にされた神聖同盟案をラルテニアは蒸し返す。ボルストン教を奉じる西洋諸国が神フロイデの名の元に団結しようというものである。反故にされた理由は、盟主をラルテニアとすることを善しとしなかったコニギアが猛反対したためである。折悪しくもその当時、ノロパン一世治下のチェディアが各国方面へ南進を始め、目の前に危機が生じてセレシア牽制どころの騒ぎではなくなったためでもある。今回も足並みが揃わないかと思われた。

　拝火教とは火を崇める宗教である。幸か不幸か当時の軍隊は、内燃機関を動力源とし始めた。セレシア教皇国は他のマイナーな宗教に動かされた弱小国とは異なり、内燃機関が宗旨と合致するとみなして積極的に開発を進めていたのである。つまりセレシア人にとっては「内燃機関が宗旨と合致しない場合、その科学技術を放棄しなくてはならないのではないか」などと懸念せずとも済んだのである。

　トゥンリーフルグ兄弟は洗濯物を乾燥させるための焚火に煽られた毛布に想を得て熱気球を発明し、ジャヒグリ博士に至っては熱気球を蒸気機関で駆動させてもいる。

のみならず後には電気も火と同一視され、さらには原子力までもが同一視されるようになる。西洋諸国の学会と軍産複合体は、セレシア教皇国の動向をいっそう危険視するようになった。

だが、西洋諸国の政界の動きは鈍かった。コニギア領が実際にセレシアから侵犯を受けるようになっても「いっそ放置してやろうか」という声が他国から出ていたぐらいである。ところが、宗旨に反するとみなした物に対するセレシアによる意外な蛮行が西洋諸国を結束に向かわせた。そのキーワードが「勧善懲悪省」である。

地球《オデユプサイ・セボン》の陸地を構成する超大陸南部は、仏教《ブドア》のふるさとである。帝国紀元前二千三百年代に大覚者を自称したガウトム・シダルトスの彫像が仏教徒によりよく飾られていた。大陸南部・ネアーレンス南部のナジャーマブ渓谷には巨大な仏像が崖を利用して彫刻されていた。が、セレシア拝火教は偶像崇拝を禁じる。セレシア教皇国勧善懲悪省はナジャーマブの大仏が宗旨に反するとして爆破するよう指示したのである。勧善懲悪省に逆らうことはむち打ちという実刑を伴ううえに、後の社会生活に悪影響を与える。かくしてナジャーマブ大仏は破壊された。

この事件をチェディアは深刻に受け止めた。当時チェディアには国教と呼べるものはなく、複数の宗教が混在していた。ただでさえ宗教間のテロリズムや内乱に悩まされていたチェディアにとって、拝火教徒による仏教徒資産への攻撃は他人事ではすまされなかった。国内の拝火教徒を通じてのテロリズム激化を恐れたのである。

チェディアは自国のラルガイン伯爵をラルテニアに大使として派遣した。のみならず自国の王女をラルテニアに留学させて迎合し、とりあえず反セレシアで団結することを西洋各国に訴えたのである。

セレシア教皇国はフロイディア連盟を結成した西洋諸国に過剰反応した。大軍をもって大々的にコニギアに各方面から侵攻したのである。西洋各国は一致してセレシアに応戦。かくしてセレシア大戦が始まる。戦争は約十年に及んだ。その戦争中に飛行機は複葉機からジェット機に進歩し、戦場での戦い方は機関銃の撃ち合いから核兵器の撃ち合いにまで発展した。が、本書は深入りしない。トナレイの人生にとって、戦争はさほど重要ではなかったからである。

五　美しき嫁

(十二) 利用されざる教員免許

ノレンバンは文化的で教育に熱心な国であった。「国が文化的であるためには君主といえども学問に励むべきである」と考えた。カフェに発泡酒と胡椒を入れて飲んだというコニギア帝王がフルート用の作品を作曲したり、ヴァゼリーユ王が錠前づくりに勤しんだりしたのも文化的な行為とみなしたのである。そして宗教と商業に力を入れた当時のラルテニアを非文化的と決めつけた。

君主の長子による教育学科への進学は教師になるという進路が期待できないため、机上の空論の権化ともみなされかねないが、外戚のアンワストーク家は「非常に文化的で好ましい」と考えた。自国の伯爵令嬢をトナレイの嫁にどうか、と申し出る程度には。

だが、肝心の伯爵令嬢がトナレイとの縁談に難色を示した。トナレイが肥満していたのが気に入らなかったのかもしれない。年の割に頭髪が薄かったのも気に入らなかったのかもしれない。いや、美食を文化的とみなす国の伯爵令嬢にとって、スポーツを好む偏食家で牛肉を好み、豚も鳥も今一つで魚介類は非常に苦手というのも気に入らなかったことであろう。さらに、「相手が気に入らない」と頑なに拒否する令嬢を無理やり政略結婚させるほど、ノレンバンは野蛮でもなかった。要するに、その縁談は破談となったのである。

なおトナレイが全く文化的ではなかったというわけでもなかろう。ダルハニユ先生の著作での中で、彼は世界旅行の歌を歌っている。また、後の長男トロウスによれば、トロウスやアルベラのように自ら楽器を演奏しなかったが、「薔薇の花」という俗謡や「亀」という卑猥な歌も楽しんでいる。さらには、後述の医女の時代劇を見て「出だしの予言が卓越した心理描写により最も優れた作家とも呼ばれるレプセカハスの戯曲『テブカム』を彷彿とさせる」と寸評しているのである。

ラルテニアの官僚たちは、外戚ノレンバンの動きに侮辱されたと感じたのかもしれない。ラルテニアから見ると、伯爵という比較的低位な自国の貴族の娘を寄越そうとして「やっぱりやめた」と通告した形になるのである。ラルテニア外務省は、将来の外戚をノレンバンから切り替えるという意趣返しのためか、ソイディア帝国帝王の長女に縁談を申し込んだのである。

ソイディア帝王オルテップ一世は「賢帝」とも称されるほどの人物であった。ラルテニアからの申し出はありがたい。地中海の擁護者エニンバル家と信仰の擁護者ザーリップ家の間では家格に不釣り合いはない。彼は長女そのものに危うさを感じていたのである。というのも彼の長女アルベラ・サイラは文武両道で快活な性格ではあったが、あまりにも賢すぎた。ソイディア最高学府のキエペ大学を主席で卒業したのみならず、大学に入る前の成績が五段階評価ならば全部五、十段階評価ならば全部十で、すべての教科について最高の成績を修めていたのである。

アルベラもまた、卒業のついでに教員免許を取得していた。彼女は世間に流布していたトナレイの容姿や偏食についてのゴシップを一切気にしなかった。むしろ同じく教員免許を取得していることで親近感を抱いてさえもいた。父親オルテップ一世の懸念とは裏腹に、娘アルベラはこの縁談を快諾したのである。父親は多額の持参金を万一の時のために娘に持たせることを条件に承諾する。

トナレイの妹たちは二人の教員免許が無駄になるなどと指摘しなかった。嫁の美貌をのみ指摘したのである。

「お兄ちゃん《オミュ・アレフ》、お嫁さん《クガイ》、すごくきれいね《オテレム・アルム》」とエンボイアム語でアデラが言う。

「そのとおりだな《クガイ・エシュ・クエア》」とトナレイは幸福そうに同じ言語で応じたという。トナレイはこの後、妻の写真を自らよく撮影することになる。

（十三）流産

筆者は本項を標題だけで中身は記載せずに済ませようかとも考えた。標題だけでトナレイとアルベラとの間に起こった悲劇が推察できるからである。また、ジペニアにおける世界最古の心理小説には標題だけで中身の存在しない章という先例も存在する。

だが、一切の史書が無視するこの流産は、後の長男トロウス・ゴルティの人生のみならず、ザーリップ家に影を落としたと考えられなくもない。簡単に概観しよう。

この流産はトロウスには徹底的に隠された。だが、彼らは自身の感情までをも隠すことができなかった。いわゆる嫁姑の間の衝突を加速させた疑いもある。一般家庭ならばともかく、大国となりつつあったラルテニアとノレンバンの間では、かなり微妙な問題が発生しようとしていた。

アルベラは強硬に「姑と一緒には住めない」と主張する。「よく前言を翻す」とも非難した。話が前後して恐縮ではあるが、トナレイの伝記を時系列で並べると、かえって分かりづらくなる。セレシア大戦がいったん終了し、さらには大帝ガイウスも崩御してから、アルベラは皇太后となっていたニレーゼを宮殿から追い出しにかかった。

トナレイは母親と妻、さらには外戚のノレンバン帝国と妻の実家ソイディア帝国との板挟みになりながら、文化的で気位の高い母親を何とか説得する。そしてニレーゼは大人しく宮殿から追い出された。トナレイたちのいるクロイゼドラウグ宮殿からパレッケルク離宮に移るという名目で。そして皇太后ニレーゼはアルベラについて「あの嫁は悪魔のような仕打ちをする」と広言したのである。ニレーゼの性格を知る者は、その「悪魔のような」云々の言葉を割り引いて考えた。だが、知らない者は額面通りに受け取った。そのためノレンバン宮廷では、アルベラを悪女呼ばわりする者まで現れたという。なお、本書においては別の人物について「悪魔のような嫁」という章を別途設けて後述する。

（十四）死せる亡命者

フロイデントゥクを訪れようとすると、空路で直接市内のアラクリア空港に向かうのは望ましくない。環境問題と交通量の問題から、便が少なくて不便だからである。少し離れたナセルデュークかディボグラキュに向かう飛行機に乗り、空港から高速鉄道で向かうほうが早く到着できる。ところが、旅行者泣かせなことに、ナセルデュークもディボグラキュも名前が「ソライエン空港」というのである（二桁あるいは三桁の空港コードは異なるのだが）。両方の空港ともその地を所領としたソライ伯爵の名に由来する。

ソライ伯爵は西洋人ではなかった。東洋人でジペニアに出自があるという。ただし、ジペニア語もシナン語も自在に扱ったようではあるが、ジペニア人ではなかったこの伯爵は、意外な形でザーリップ家と深い関係を結ぶことになる。

トナレイの弟たちが喧嘩ばかりしていたと既述したが、末弟ロデトは兄たちほど賢くなかったためか、その兄弟喧嘩に耐えきれなかった。あろうことか、ロデトは単身で宮殿を抜け出す。当時ラルテニアと国交のなかったジペニアに亡命したのである。ただし、父親ガイウスは、この亡命を黙認していた。彼の内帑からソライ伯爵の口座に、さらには、おそらくロデトの元に多額の金銭が移動しているからである。なお、この金銭移動については、トナレイも一枚かんでいた。

ジペニア政府は緊張する。ロデトがヨハマに到着したからである。ヨハマは今日なお、港湾施設とともにジペニア海軍基地のある軍事的重要拠点である。が、彼らは、すぐに安堵することとなった。不自然な金額の貴金属への投機をしてはいるが、ロデトが単なる無害な港湾労働者として生活をし始めたからである。

だがロデトは五十にも満たない若さで肺がんにより死んでしまう。同時にザーリップ家と政権担当者たちは、ロデトの存在をなかったことにしてしまう。ジペニア当局は、ロデトの遺産七百万両相当《リヤト》、およそ貨車三両分の金塊の行方を捜す。が、見つけられなかった。トナレイが、左記の方法で見つかる前に回収したからである。

当時、ジペニアもラルテニアもセレシア占領地の反セレシア武装勢力を支援していた。トナレイはおそらくソライ伯爵経由でロデトの遺産である貴金属の大部分をジペニア陸軍の反セレシア武装勢力向け軍需物資であるかのように偽装させる。本物の武器も混ぜて貨車六両分にしたためか、警察も税関も「今回も多いなあ」とスルーした。

当時、数回のクーデター未遂が勃発する程度にはジペニア陸軍は治外法権的で強大な権力を誇っていた。貨物はジペニア当局に全く疑われることなく、何事もなく船に積まれる。そしてヨハマを出港。ユズィウスが新生物を発見したベナンキにおいて件の荷物は瀬取りされる。こうして、ロデトの遺産は見事に消え失せたのである。

今日ではロデトの遺産はトナレイの懐に入ったことが確認されている。さらにその遺産は、もう一人の弟（交通事故で死ぬことになる）レゲムの葬式の資金や、後述のある事件への資金となるのである。

六　偉大なる愚息

（十五）フロイディア帝国連邦

「城壁は屈服し崩れ去ったが《ラ・ラワド・エケムケテ・》、部族たちは健全に残った《カラ・クルルプト・ヤカムラク》」（トニヤラルベン『セレシア帝国崩壊』）とは、首都セレンス陥落によるセレシア大戦終結を見事に表現した文章と言えよう。セレシア本土は元のとおり東はロデア、西はオゾヴィユと東西に分割される。

ロデアとネアーレンスは緩やかな部族連合による共同自治に委ねられた。が、オゾヴィユとヴァストリアントゥオでは部族同士のテロリズム、戦争に明け暮れるようになり後々の火種ともなる。

反セレシア結束のためのフロイディア連盟を指揮し続けたラルテニア帝ガイウス

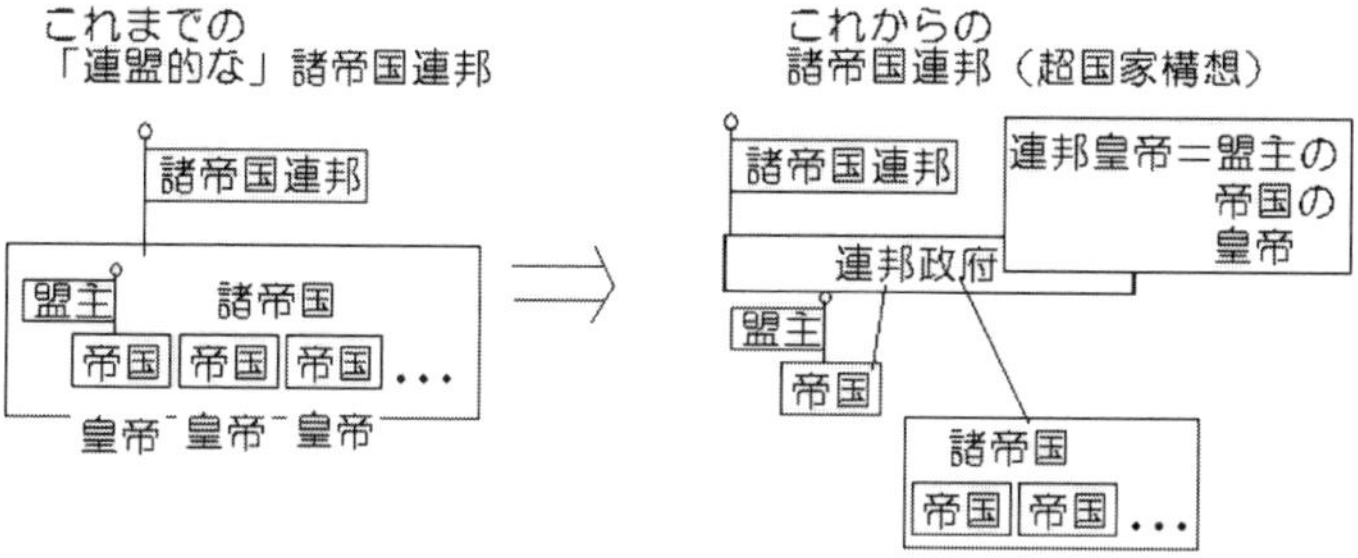

は、諸国から「大帝」と目されるようになる。ガイウスは新都フロイデントゥクのクロイゼドラウグ宮殿の前に、帝国広場《ラルテニアン・ショルク》を建設させる。さらに帝国広場からユズィウス橋を通ってまっすぐ東に、巨大な大通りの建設を指示する。そして、大通りの終点に凱旋門《ブンイルト・エターグ》を築かせた。この凱旋門通り《ブンイルト・ドラヴルブ》を見届けた後、帝国紀元百八十九年、脳軟化症で大帝ガイウスは崩御する。

当初、フロイディア連邦とは、フロイディア連盟各国の軍隊をセレシアに対抗させるための連邦軍としてのみの存在でしかなかった。指揮系統を整理したうえで、各国の軍隊を統一的に運用するためである。セレシアなき今、連邦軍は解体、ついでに反セレシア同盟であるフロイディア連盟も解体か、と各国官僚は考えた。

ラルテニア新帝トナレイは、大帝ガイウスほど偉大ではなかった。自国の君主として振舞うのはともかく、同時に諸帝国の統合的な軍事行動を旧セレシア領土で采配するのは負担が大きすぎた。むしろ凡人だったと言っても良いであろう。だが、凡人だったからこそ、非凡な発想に結び付いたとも言える。連盟的な結びつきの諸帝国連邦の国家間の上に連邦国家を作る超国家という構想を披露したのである。しかも、名前こそは「神聖同盟《フロイディア》」であるが政教分離を基本原則とするとして。

当初、諸国は猛反発したが、最終的には受容する。連邦統一通貨フロインの制定が各国の利害調整に役立ったからである。国家間の外交、政治、軍事を整理・簡素化し、かつ機能分担を図るという構想は、各国の君主にも利があった。西洋諸国では君臨すれども統治しないのが理想的な君主だった。国境が大幅に動き回った戦中戦後の当時、西洋各国の君主には調停者の役割が期待されていたのである。国家間の調停はむしろ連邦政府が肩代わりするようになった。すると君主の仕事も軽減されるようになったのである。

トナレイは相変わらず政治・外交を「どうでも良い」と切り捨てようとしていた。筆者も「なるべく政治的にならぬように書け」という圧力を受けてもいる。が、史書が歴史の記述を完全に放棄するのも問題ではある。そこでどうでも良いとトナレイが切り捨てた当時の西洋と中近東事情について、きわめて簡単に概観しておこう。

帝国紀元百八十九年、セレンスにおいてセレシア残党が大暴動、反乱を起こす。同市を占領していたフロイディア連邦軍はセレンス近郊ヒゲステュングまで撤退した。

同百九十年、ヴァストリアントゥオのザゾにセレシア残党が集結（ザゾ同盟）。フロイディア諸国に対する徹底抗戦を呼びかける。

百九十一年、オゾヴィユ（旧西セレシア）にてイェスハリア共和国がコニギア支援の元で建国され、右記ヒゲステュングを首都とした。さらに、ヒゲステュングにおいてフロイディア諸国の国際会議が開かれ、ザゾ同盟を認めず鎮圧対象であることを通告（ヒゲステュング宣言）。

百九十三年、コニギア東隣のヴァゼリーユがコニギア保護国としてフロイディア連邦に加盟（ザゾ同盟から脱退）。なお、この年、チェディアの内乱は内戦にまで拡大。

かつての大使ラルガイン伯爵が娘を連れて、難を逃れるべく、フロイデントゥクに亡命する。ちなみに、その娘が後にトロウスの妻となる。

百九十七年、コニギア帝位が帝室ホーヘングレペン家の長女に嫁いだグラプラント伯爵に移るきっかけとなったセヴォードニア盗掘事件（あるいはグラプラント事件）が発生する。

百九十八年、ソイディア帝オルテップ一世が崩御。エニンバル家の内紛が拡大し、将来の内戦の火種となる。

右記一切のどこをどうでも良いと切り捨てうるのか疑問ではあるが、トナレイは、本職の国事行為をどうでも良いと切り捨ててでも解決すべき最大の難問に腐心していた。その難問とは彼の長男トロウスについてだったのである。

（十六）　悪い教師の良い見本

最初トナレイは皇太子トロウスの教育を学校へ完全に委ねようと考えていた。が、すぐにトナレイは自らの考えを思慮が足りないとして退けることになる。教育学を専攻したトナレイによれば、当時の教師たちは未熟で、教えるという能力が不足していたからである。

「教室は、映画『密やかにわが歌は懇願する《ユルテング・ユム・スニヨス・テルテン》』のような有様だった」とトナレイは回想している。

　彼はコニギア人作曲家トレボホス『夜の歌』の出だしを引用して懇願などしていない。ただ教師たちに絶望しただけである。あるいは、その古い恋愛映画のモチーフとなったトレボホス交響曲第七番『未完成』にかこつけて、「教師たちは未完成である」と言いたかったのかもしれない。だが、この回想はもっと直接的なものである。

　その白黒映画において、また実際にも作曲では食べていけなかったため、副業としてトレボホスは小学校の算数教師をしている。

「二かける二は四、二かける三は六、はい繰り返して」

　というリズムはコニギアの詩の強・弱・強・弱……というアクセントになっている。ふとトレボホスに天啓がひらめく。無味乾燥な算数の式を消し、新曲のメロディラインと歌詞を黒板に書き始める。

「野中の薔薇♪」とトレボホスは黒板に書いた自作メロディを口ずさむ。そして、無意識のうちに教師の口調で「繰り返して」とメロディラインなしで生徒たちに告げた。

「のなかの、ばーらー♪」

小学生たちが全員、トレボホスのメロディで繰り返した。かくして一同は算数の授業そっちのけで、トレボホスの歌曲「野薔薇」の合唱に耽溺するのである。実にほほえましいシーンではある。ある意味「良い教師」と言えなくもない。

だが、そのシーンの直前、教師トレボホスが入ってきた教室は、実に荒れまくっていた。教師が入ってきたにもかかわらず、生徒たちは教室で物を投げあうというお遊びを止めようともせず、またトレボホスも止めようとしなかった。その有様に託し、トロウスの教育状況への危惧について、言及したのである。

「まさに『学級崩壊』と言うべき状況だった。授業中であるにもかかわらず、息子トロウスは隣席クラスメートたちの雑談に巻き込まれている。授業参観日であるにもかかわらず、授業中に立って遊んでいる子供たちまでいる始末だった。しかも、皇帝の見ている前で」

強烈すぎる回想である上に裏付けが取りにくいため、各新聞社がこのエピソードを採用しなかったことはうなずける。ダルハニユ先生が採用したのは、生徒のセレシア語の答案を「記念に持って帰っても良いか」と皇帝が教師に尋ねたという、無難な新聞報道のみである。史学の立場としては完全に正しいのであるが。

トナレイは言う。

「良い教師というものは、自らの知る知識十割をそのまま伝えるようなことをしてはならない。自らの知識の一割のみを、残りの九割の知識の力をもって、確実にその知識のみを生徒たちに完全に理解させなければならない」

少し分かりにくいが、プレゼンテーションする者はだらだらと話すのではなく、伝授すべき知識に力点《パワーパイント》を利かせよということであろう。かくして、トナレイは教師たちだけに任せておけないので、可能な限り息子の教育に自ら携わろうと考えたのである。

トナレイ同様に教育者に疑問を抱いていたジペニア人の漫画家で医師の資格を持つ

ツカ・オサは、かなりの大家であった。死後、後進から「漫画の神様」と呼ばれたほどである。一流のストーリーテラーらしく、左記のように「良いストーリー」「悪いストーリー」の見本を樹木のイラストを用いて説明している。

「良いストーリーとは。どっしりと幹がまっすぐ立っている。枝は細くしなやかに梢の方向に伸び、枝分かれによって行先を見失うことがない。分岐しても必ず本線に立ち返る」

「悪いストーリーとは幹が細く、時に独りよがりに曲がりくねっている。枝葉が多く、後戻りしたり不必要に枝分かれしたりして、行先を見失いやすい」

右記の良い見本がダルハニユ先生の『トナレイ・イリウス伝』であり、悪い見本が本書と言えようか。ツカ・オサと似た表現で、ジペニア人が西洋クラシック音楽について説明してくれてもいる。

「オホテベノフの交響曲は見晴らしがよい。私たちはそこでどのような困難や岐路に出会おうと克服すべき山頂を見失うことはない。ここでは全体が部分を支配している」

「だがギュルピユの場合、私たちは目的地について何も知らされず、いわば人跡未踏の山岳をあてどなく漂わされる。（中略）彼の交響曲に文学的な論理性を求める者は悪夢の中を踏み迷うほかない」（シロ・カイ『ノタン・ギュルピユ』）

ジペニア人指揮者のアサ・タカは生前、このようにも言っている。

「私があの世に行けば、ギュルピユに会って、ぜひ伝えたいことがある。ジペニアには、ホールをいっぱいにするぐらい、あなたの交響曲を愛する人々がたくさんいるのですよ」

本書のような「悪いストーリーの見本」であっても、誰かの性癖に刺さってくれるかもしれない。そのように願って、本項において、トナレイの一人息子トロウスについて簡単に概観しよう。

一般教養としての西洋史基礎の講義の初めに、私は学生たちにアンケートを課すことがある。「西洋史上の偉人を三人、その理由とともに挙げよ」

「おとうさん」「おかあさん」といった論外な回答は無効票として無視しよう。西洋と限定しているにもかかわらず「聖ユビウス」という不合格な回答も無視しよう。彼は大陸南部出身であり大陸中部で活躍したため西洋史としては不合格。今日なお、有効回答の七割近くをトナレイの長男トロウス・ゴルティが占めているのである。産声が大きかったがためラッティア神話の雷神トロウス（本来トロヴァンという擬音語であり、ラッティア語のUとVは元々同じ文字だったのだが）から命名されたのではあるが、今日なお、その名が轟き渡っていると言えようか。なお、トロウスの名前に洗礼名がないという問題について本書では説明を割愛する。

　トナレイによる息子トロウスへの評価は後世のものとはかなり異なる。トナレイにはちょっとした特技があった。「人の顔を見れば、その人の中高校《ウギヒ・ロホス》時代の十段階評価を言い当てることができる」というのである。トロウスによると「だいたい正しい」そうである。彼は自らの幼少の長男にその特技を発揮した。

「十段階で五」そして、「このままでは良い学校への進路は難しい」と。

　詳細の描写は避けるが、長男の言動は愚鈍であるかのように国外も含めた周囲に印象付けた。トロウス自身は入学式や始業式に渡された教科書をその日のうちにほぼ覚えてしまっていたという。既知の内容を繰り返し説かれたときに我慢できるほど、彼は賢くなかった。教師は時に授業を聞いていないように見える生徒を狙い撃ちして質問することがある。答えることができるまいと見越しての意地悪である。だがトロウスはその意地悪をことごとく跳ね返した。彼はぼんやりと聞いているだけで、教師の嫌がらせのような質問にすべて的確に答えた。そのためか「彼は予知能力者ではないか」と同級生に疑われたという。

当時、生徒が教師や他の生徒の成績を評価することは一切なされなかった。教師が一方的に全生徒を評価したのである。トロウスに関する成績通知表には左記のように報告事項が記載されている。

「勉学に熱心ではない《トン・レゲー・オト・ヌレール》」
「注意散漫である《デトキャルッィド》」
「論理的思考が欠如している《ニュイキャル・ニ・ラシゴル・トグオホト》」

さもありなんとトナレイは思った。当時から任期制となっていたラルテニア宰相に「来期も残りたければ文教省を通じて息子を良い学校に入れよ」とトナレイは圧力をかけた。彼は皇位にあった時期、実際に色々と策謀して宰相を数人更迭している。なおトナレイの策謀について、なるべく本書は描写を控える。

またトナレイは、息子の勉学を進展させるべく、幾度となくトロウスを叱責する。「ゲームをするな」「授業中に落書きするな」「漫画を買うな」「本を買うな」「本屋に入るな」「護衛から離れて一人で買い物するな」

「やさしい長兄だったから、甥を叱ったことなどなかったろう」と彼の妹二人は当て推量している。トロウス本人によると「どの段階で父親の平手打ちが飛んでくるか予測することができた。だが、予測して避けるとさらに酷いことになるので、その体罰を甘受していた」そうである。

トロウスは大量の日記を残している。彼自身がタイプライターで記載した日記によれば、この時期においてトナレイはトロウスを「時計の針も読めない」と叱責している。が、叱責した本人が後に認知症の発症により「時計の針も読めなくなった」とトロウスの伝記によく悪意をもって書かれている。トナレイは一切関知していないが、トロウスの死後二年を経ぬうちに早くも伝記は四種、トロウスに関する回想録は二十四種も出版されている。

トロウスの伝記を執筆するならば、この経緯を詳述すれば多少おもしろいものになるだろう。だが本書は、彼の父親の伝記である。先を急ごう。

護衛の目を盗んで単独行動できたことにより、トロウスは自らの経験を積んでいった。ユズィウス橋で佇んでいるところに初恋の人と出会ったり、たまたま宮殿から抜け出たところに出くわした迷子の観光客を案内したことで生涯の伴侶と出会ったりした。

さらには、あまり良いとは言えない学校（士官学校予備校・職業訓練校・士官学校）に進学してくれたおかげで、かえって彼は側近に恵まれることとなった。

宗教と無縁だったトナレイに対する反発からか、トロウスは宗教書を読むようにもなった。だが、息子の宗教的情熱はトナレイにささやかな影響を残した。僧侶による説法の中の言葉をアレンジして、自らのスピーチにトナレイが利用したのである。

「人生はこだまのようなもの。良きことを与えれば良きことが、悪しきことを与えれば悪しきことが返ってくる」

トナレイが良かれと思って息子に施そうしていたものは、当の息子により悪しきものと感じられていたかもしれない。確かにトロウスの日記の記述は、後年トナレイにとって致命的な影響を与えた。

士官学校を卒業した長男は、空軍の予備役となった。ただ、彼が空軍士官として召集され、ソイディアの内戦（グロナムン動乱）に出征したことが、後に影響を与える。もっとも、トロウス最大の功績は、後のフロイディア帝国連邦の女帝時代を準備したことだろう。トロウスの短い人生の後、フロイディアおよびラルテニアの玉座は、彼の妻アンナ・カーニエ経由で娘のアーリア・ライラに譲られていくことになるからである。

（十七）妻の死

ソイディア帝オルテップ一世が崩御してエニンバル家の内紛が拡大、将来の内戦の火種となることは既述した。単なる兄弟間の行き違いは家庭内の軋轢となり、政治勢力の権力闘争と結びついた。あろうことか権力闘争はソイディア領内の内紛を招き、頻発するテロリズムにまで発展する。さらにはテロリズムから内乱が起こり、史上最大のグロナムン動乱という結末にまで転がっていく。

アルベラは喘息の持病があり、ラルテニア皇室ザーリップ家に嫁した後もよくソイディア領内の保養所を訪れることがあったという。その頻繁さは、件のテロリストがアルベラをターゲットとしてムレピヘス山荘にて待ち構えることのできる程度のものだった。

帝国紀元二百四年、ムレピヘス山荘にて爆弾が爆発、皇后アルベラが犠牲となる。この事件はトナレイを人生で三番目ぐらいに落ち込ませた。侍従長に譲位を相談するほどであった。

いかに落ち込んでいたといっても、当初彼が腐心したようにラルテニア軍がソイディアとの国境を越えてグロナムン動乱に介入することがないように徹底すべきであったろう。少なくとも、予備役から召集されることとなった皇太子トロウスの従軍を勅令《ケンテニアイフレム》でもって拒否すべきだったろう。

だが、そうはならなかった。ラルテニア空軍はセレシア大戦での経験を、今回の動乱で充分に同盟国内の叛徒に活用した。グロナムン動乱において要害に立てこもる叛徒に対し、核兵器を用いて鎮圧にあたったのである。空軍士官だった皇太子トロウスはパイロットとして叛徒鎮圧のための核兵器による爆撃に参加したのである。やがてこのことはトロウスに放射線被ばくによる白血病の発症をもたらすこととなる。

第三部 老年期

七　悪魔のような嫁

（十八）息子の死

『魔法使いツォ』という児童向け幻想小説がある。竜巻に巻き込まれた少女が異界に飛ばされ、勇気が欲しい臆病なライオン等の仲間たちと出会い、共に魔法使いツォに会いに行くという物語である。その幻想小説に想を得た『未来惑星ドラッィフツォ』というB級SF映画がある。洋の東西で葬送の定番となった、とあるオホテベノフ交響曲緩徐楽章のしつこいBGMが奏でられる中、不老不死のディストピアに侵入する野蛮人シャストを演じた主役ネス・ユルノクの怪演が楽しい。

ネス・ユルノクという男優はその長いキャリアにおいて、かなり幅広い演技を見せている。ある映画シリーズにおいては銃撃戦とカーチェイスの得意なラルテニアの女たらしの凄腕スパイを演じたり、別の映画においては沈思黙考しつつチェディアの原子力潜水艦を潜水艦ごとコロバスタンに亡命させる孤高の艦長を演じたりしている。さらには、鞭を手に冒険を重ねる考古学者を叱咤激励する衒学的な父親を演じたこともある。演技学を教えるボカイ・ノトリプ教授が指摘している。

「もしもネス・ユルノクがユラハ・ドロフの父親であるならば、ネスは十歳であなたの父親にならなければならない」

考古学者役としてその映画シリーズの主演男優を務めたユラハ・ドロフが応じている。

「ネスさんならば十歳で父親になることなど問題なくあり得ることだ」

一同は演技学教室の公開録画番組で肯定的な大爆笑で応じている。

また非常にマイナーではあるが、トナレイが「面白くない上に後味が悪い」と酷評した『花の名前』という映画において、修道院内で起きた怪死事件を捜査する探偵紛いの修道僧を演じてもいる。

『花の名前』の原作者はトレブロ・オーチェ博士である。専門は記号論・言語学。ただし、オーチェ博士は私と同様に学生の拙い論文に業を煮やしたのか、『論文作法』という書籍の中で次のように主張する。

「変音記号を省略するな。省略記号を省略するな。ただし、他言語で該当する文字が存在しないがために、ルブソール語の軟音符の代用になっている省略記号のみは省略しても仕方がない。なぜならば、ルブソール語は世間一般に『少し難しい』とみなされているからである」

言語学博士の言う「少し難しい」という感想は、一聴の価値がある。ルブソール語はチェディアの公用語、すなわちトロウスの嫁、アンナ・カーニエの母国語である。トロウスの初恋の人はルブソール語の話者だった。トロウスは初恋の人と会話するため、ルブソール語を短期間で独習し、さらに、独学で外国語をいくつものにしたと言われる。

「父トロウスは彼の娘などよりも、はるかに多くの言語を習得していたと思われる」

と、トロウスの娘アーリア・ライラは回想している。幼少にしてジペニアの外務大臣とジペニア語で会話し「栴檀双葉より芳し」と評されたほどの彼女が言うのである。

トロウスは、多少は各外国語に通じていたと見るべきであろう。

ラルテニア宮廷内ではシルニェ語の会話が一般的だった。トナレイはエンボイアム語に固執したが、トロウスと妻との間の会話はルブソール語が用いられるようになっていったのである。

夫婦の込み入った話はルブソール語で交わし、他人が聞いても支障のない話題はシルニェ語で会話された。トナレイはシルニェ語の部分のみを、あるいはルブソール語部分は意訳により聞かされたことになる。

トナレイはトロウスの死病に最後まで付き合おうとした。ラルテニアの先例に従い、息子が死ぬ前に息子に譲位し、息子の死後に自身が復位しようと考えた。だがここでも親の心子知らずか、トロウスはありとあらゆる布石を打って、自身の妻が即位するための用意をしていたのである。

（十九）帝位簒奪

譲位されたばかりのトロウスは帝国紀元二百八年に崩御する前に、妻と子供のためいろいろと準備していた。「教育改革」「行政改革」などは、後にトナレイが「先を越された」と苦笑した。その中の一つに、近衛兵近代化という名目の連邦近衛軍の創設があった。皇室の護衛強化という大義名分もあったうえに、たまたま当時は不況ではなかったので、連邦近衛軍の創設の際に連邦政府と各帝国の間に軋轢があったという形跡はない。セレシア大戦後の軍部余剰人員吸収にも役立った。

連邦近衛軍はいわばコロバスタン海兵隊のような防衛エリート組織という位置づけで設立された。ただし「艦船と陸戦力」としての空挺隊・上陸用舟艇・戦車隊を運用するのみならず、空母打撃群・戦略爆撃機、さらには原子力潜水艦までも備えた「防御にも攻撃にも少し度が過ぎるのではないか」という懸念はなきにしもあらずであったのだが、即位したばかりの女帝アンナ・カーニエは断固とした態度で連邦近衛軍を活用することになる。帝国紀元二百十年のことである。

ある記者会見における、女帝へのラルテニア皇位継承に関するコニギア政府広報の揶揄が些細なきっかけだった。

「亡き皇帝の皇位をまるで未亡人が簒奪したかのように見える」

ゴシップの匂いを嗅ぎつけた報道陣は新女帝本人にコメントを求めた。もしもトロウスの準備した非常事態想定集に該当項目がなければ、新女帝は適当にあしらっただろう。だが、後述のとおりの広範囲なトロウスの事前準備に含まれていたこともあり、未亡人となったばかりの彼女は、ついつい夫の看病の際の学習結果を発揮した。当時は伏せられていた非常事態想定集どおりの応答をしてしまったのである。日頃の彼女はルブソール語訛りを響かせないように喉音を極めて弱く発音していた。が、シルニェ語話者に対する「耳障りな発音」を聞かせない気配りも失う程度に、ルブソール語訛りが出ている。

「コニギアのホーヘングレペン家のほうこそグラプラント伯爵が帝位簒奪したように見えるのですが、そちらは放置しておいてよろしいのですか?」

コニギア政府は黙殺しようとした。失言を装って挑発したのはコニギアが先だったし、ラルテニアの反応は想定範囲内だったからである。普段は周囲が耳障りに思わない程度に隠そうとしていた女帝のルブソール語訛りを、今回は一切隠さない様子に相当な怒り具合を察したからでもある。が、元グラプラント伯を婿に迎えていたホーヘングレペン家が猛反発したのである。

両国官僚は諦めた。というのも、ホーヘングレペン家の意向を付度したコニギア軍部が政府の意向を無視して独断でラルテニア領ファンデン川流域へ部隊を移動し始めたからである。

「戦争やむなし」

後年あるいは近年のトラディスタン内において、ラシー州が隣接するクライ州の一部を併合しようとして軍事作戦を行い、泥沼の状況となりトラディスタン全体の貿易に支障が出ていた。が、クライ州と異なり、ラルテニア軍はコニギア軍に対して、一切動かなかった。動く必要がなかったからである。ラルテニア軍が動く前に、連邦近衛軍がコニギア首都グルプカーレンを急襲した。そのため指揮系統を失ったコニギア軍が国境付近で立ち往生したからである。

突如としてレノット湖のコニギア海軍基地と、レノット湖に面する首都グルプカーレン防衛用のアハトップ対空機関砲の陣地群が破壊された。連邦近衛軍の巡航ミサイルが命中し、さらにエフレーデ三十四型可変翼戦闘攻撃機の編隊が低空から侵入、誘導爆弾で空襲したのである。ホーヘングレペン家に反感を抱いていたコニギア民衆も、さらにはグルプカーレンのイェルドバイレン宮殿の警備兵すらも連邦近衛軍の侵攻に応戦しなかった。

あっと言う間に、連邦近衛軍空挺隊がイェルドバイレン宮殿を制圧。さらには、連邦近衛軍空挺隊の兵士たちが迎える中、空軍士官でもあったアンナ・カーニエ本人自らが垂直離着陸機を操縦しイェルドバイレン宮殿に降り立つ。そして女帝は宣言した。「ラルテニアはコニギアを併合する」と。「ただし、両国の公用語はそのままとし、両国各地方の土着言語についても保護される」とも。

かくして、ホーヘングレペン家は、完全に潰え去った。ホーヘングレペン家以外の重要貴族たちは、グラプラント伯爵に対して積もり積もった反感からむしろザーリップ家を歓迎した。また、コニギア政府は解体されたが、より低いラルテニアの税率がコニギアにも適用され、さらに国税が当面免除され地方税のみになったので民衆からも歓迎された。

コニギア公用語のエクスード語が禁止されて、ラルテニア公用語シルニュ語を強制されたということもなかった。コニギアがヴァゼリーユを保護国化した際に現地語を禁止して、抗議のために小説家ドッドが自著『最後の講義』で「ヴァゼリーユ万歳」とヴァゼール語で黒板に書くシーンを描写した時とは大違いである。通貨は両国ともかなり以前から連邦共通のフロインに切り替わっていた。

要するにホーヘングレペン家が去って、代わりにザーリップ家がやって来ただけだった。併合した、されたの関係ではあっても、暮らしている民衆にとっては、以前までと両国ともに何も変化することがなかった。シナンとジペニアとの間にあるダイワン島のように「犬が去って豚が来た」と揶揄する者すら現れなかったのである。とはいえ失言に冷徹に対処した新女帝に対するトナレイの懸念は大きくなりはしたのだが。

（二十）連邦内務省体制監査委員会極秘レポート

情報局へと統合されたため今はなき政府機関や、当該レポートについての説明を本書は割愛する。が、当該文書に頻出する砂賊《ルドルフエヴァイオイ》についての説明は必要だろう。史学初心者にとって砂賊という古代タラメール語は初耳だと考えられるからである。なお、通常はタラメール語ではなくタラメールと言う。

古代トゥアネンウィンは超大陸中央部で繁栄しタラメールを公用語とした。彼らの商隊はより豊かになろうと交易のため国外へと広がっていく。が、豊かとは言えないヴァストリアントゥオ原住民《ガタミジエ》はもっと手っ取り早い方法を選んだ。わざわざ砂漠までやって来たトゥアネンウィン商隊を襲撃・皆殺しにして金品を強奪したのである。トゥアネンウィンとて手をこまねいていたわけではない。護衛の兵士が必ずエスコートした。それでも彼らは苦戦したのである。当該アウトローたちを砂賊という新語で呼ぶくらいには。

造語能力に長けたタラメールにおいて、その言葉は「砂丘の影より現れ強奪する輩」

という意味で使われた（トゥアネンウィン国語審議会で定義されている）。我々の語感からすると砂漠の匪賊と言えば近いであろうか。本書では砂賊という言葉を採用する。本項標題の文書において「砂賊」という言葉が頻出するからである。

帝国紀元二百十年当時の連邦政府行政委員会（後の連邦内閣）主席（議長、後の連邦内閣首相）はレゲム・ノタンノスである。ノタンノスは、どこかトナレイと似ていた。頭髪が薄く丸顔、やや団子鼻で少し肥満していた。ただ、主席在任当時の彼は、頭の傷跡が目立つのでトナレイとは別人と分かる程度であったが。

ノタンノスは小人であった。農学出身であるにもかかわらず郵政の道へと進み、ラルテニア内務省逓信局次長となった変わり種である。さらに異色なことにトロウスの短すぎる治世を支えた側近たちに見いだされ、連邦政府の政界に迎えられてしまう。そういった出自のためか、ノタンノスは非軍事の極端な軍縮路線を歩もうとした。電卓を振り回して「軍事費は国民総生産の一パーセントに収めるべきだ」と言ってみたり、「情報公開による連邦政府透明性維持」「政治体制をいったん破壊して再生させる」と国民向けのパフォーマンスを演じてみたりした。が、ノタンノスのパフォーマンスに惑わされない人々がいた。ラルテニア帝国内務省情報局である。ネス・ユルノクの出演する映画で、スパイはやたらとカーチェイスをしたり派手な銃撃戦を演じたりしている。現実のスパイが全くしないというわけではないが、群衆の関心を引く行動は避けるべしとされている。本来のいわゆるエージェントは、むしろオープン・ソース・インテリジェンスやヒューミント・シギントにより、地道に情報収集したり、あるいは妨害したりするのが本業と言っても良い。ただラルテニアおよびフロイディア連邦のエージェントたちは、ノタンノスとトナレイとのただならぬ関係についても目を配っていたのである。

エージェントたちはかなり有能だった。当時ラルテニアの諜報機関の予算は国防予算の一割以上に匹敵し、同様に連邦諜報予算は連邦防衛予算の七パーセントを占めた。ジペニアに渡った多額の資産（例のヨハマの件）をトナレイが取り戻したことを突き止め、さらにはその流出先までも洗い出したのである。

ジペニアもラルテニアもセレシア占領地の反セレシア武装勢力を支援していた。ヴァストリアントゥオにおける反セレシア武装勢力とは、まさに砂賊に他ならなかったのである。ところがセレシアが解体された後も「今更支援をやめてしまうのは彼らに対する道義が通らない」という、分かったような分からないような理由を付けて、トナレイは砂賊各勢力への金銭的支援を続けていたのである。アンナ・カーニエに対する反発で援助を継続した可能性すらあった。

女帝アンナ・カーニエは当該レポートをいくつも読まされ、さぞ頭を抱えたことであろう。というのも砂賊がトナレイの資金で調達した武器の銃口は、時にフロイディア諸国に対して向けられることもあったからである。

主な砂賊勢力は三つあった。ジェグズイ、ジョンゴン、そしてグラゼウンである。この三勢力はヴァストリアントゥオで三つ巴の武力闘争を演じていた。ミサイルだけでなく、戦闘機を飛ばしあって戦っていた。ところが三勢力のすべてにジペニア資本とトナレイからの資金が流入していたのである。さすがのトロウスも自らの父親によってばらまかれた白紙手形が大量にヴァストリアントゥオに出回り、しかも当該手形の出納をノタンノスが把握してトナレイの許諾を得たうえで、お互いを殺しあう武器の資金になっていたことまでは予測できなかったことであろう。

女帝自身もラルテニアおよび連邦政府双方からシギントの対象になっていることは、本人も知悉していた。「何とか穏便にすませられないか」とラルテニアの情報局と相談している様子まで記録され、極秘レポートとして文書化されている。砂賊の資金源に関する情報が露見した場合、大スキャンダルとなることは想像に難くない。

「ジペニアの諜報能力は情報が上に上がらず、漏れるそうだ。それほど心配することもないのではないか」と女帝。

「いいえ。ジペニア当局もヴァストリアントゥオを利用した政府内の不明瞭資金の流れや、砂賊向け支援兵器の水増し請求とキックバック提供による軍需産業・軍部・一部政治家にはびこる贈収賄を究明しようとしている。彼らの無能を当てにするのは危険である。しかもその漏れた情報を判断すると、彼らがジペニアとフロイディア双方の金の動きを突き止めるのは時間の問題と考えられる」

「もしも」と女帝が相談する。

「トロウス先帝陛下に対する教育方針で対立したラルテニア陸軍元帥ノホタップについて、先々帝トナレイ陛下がドンパロイ街道《ウヴィルド》で謀略したように、ノタンノスと先々帝トナレイが交通事故か何かで急死すればどうか」

「将来の流れは断ち切れるが、よほどのことがない限り過去の動きを隠すこともジペニア側の動きを阻むこともできないだろう」

だが女帝はよほどのことを起こして、何もかも隠しジペニアを阻むことに成功するのである。

(二十二)自由な牢獄

今から考えれば、ノタンノス政権における外務委員で後に連邦外相となるパンジオ・ヴィオングが不慮の死を遂げたのは当然とも言える。ヴィオングはヴァストリアントゥオ出身者だった。が、彼もまた、ありがちなヴァストリアントゥオ人のタイプだった。

ヴァストリアントゥオはかつてセレシアが領有していたと既述した。セレシア解体後、西洋諸国が入り乱れて進出するのではなく、フロイディアが秩序正しく連邦として進出したのである。ヴァストリアントゥオ人は二派に分かれた。世俗的利益もしくは人道主義をもってフロイディアに迎合する人々と、宗教なり個人的な反感なりでフロイディアに反する人々である。ヴィオングはフロイディアに迎合する派に分類できる。

彼はフロイディア連邦元老院議員として活動し、地元に利益誘導することを清廉に一切拒否したがために、「命で代償を払うべき、恩知らずの裏切り者」と故郷の血の気の多い人々から目された。本書では詳述しないが、セレシア残党やコニギア残党からも命を狙われていた。しかも単身で戦地に乗り込んで、戦争状態に陥っている砂賊三勢力それぞれを調停しようというのである。絶体絶命の死地に赴くよう仕向けたのは女帝アンナ・カーニエだった。

帝国紀元二百十一年、ヴィオングを乗せた旅客機がジョンゴン勢力圏から離陸。次の目的地ジェグズイ勢力圏に入ったところで、当該旅客機は携帯対空ミサイルにより撃墜された。ヴィオングを含む乗客乗員全員が死亡した（なお、犯人はヴァストリアントゥオ人に偽装した連邦内務省のエージェントで、後述の「議会を扇動するだけのために」女帝からヴィオング暗殺の内意を受けていた)。

連邦議会は当時から元老院と諸国民代表大会の二院制だった。ノタンノスは連邦各構成国の民意を反映することの少ない元老院で、ヴィオング遭難事件をうやむやに処理しようとした。が、諸国民代表大会臨時会議が急遽開催される。開会に必要な人数の議員たちを女帝は予め首都近辺に滞在できるように仕向けていた。

砂賊という語には未開の蛮族というニュアンスが込められている。ヴィオング遭難事件は文明代表者を自認する連邦議会とくに諸国民代表大会の議員たちには蛮族から文明国に対する挑戦であるかのように受け止められた。また、ヴァストリアントゥオは産油地帯でもあった。砂賊同士の戦闘による輸送路閉鎖も議員たちの現地に対する心証を致命的に悪化させてもいた。

連邦議会はテロリストに対する宣戦布告を感情的に議決する。連邦内務省エージェントによる議会扇動が確認されている。ノタンノスは議会を解散させ開戦議決を拒否しようとした。議会はノタンノス不信任案を議決。女帝アンナ・カーニエはテロリストに対する宣戦布告の議決とノタンノス不信任案議決の双方を承認し、自ら企図したとおりノタンノス政権は倒れた。

　政界どころか社会的にも過去の人となったノタンノスの後任に選出されたのは、グレッグ・アクスープである。アクスープは石油閥でもあり、かつラルテニア内務省情報局出身でもあった。当然、女帝の今回の謀略に一枚かんでいる。王立学院航空技研にて開発中の全翼機ステルス戦略爆撃機ＶＦ３を大々的に、例の三つ巴の武力闘争が繰り広げられた戦場上空へ分け隔てなく投入させる。ラフゾイグ地方に依るジョンゴン、パジャンラム地方に依るジェグズイ、そしてモルティア地方に依るグラゼウンに対してもステルス爆撃機は大活躍し、地上を進攻する機甲師団を大いに助けた。拙著『砂賊討滅戦争記』で既述したように、武装勢力三つ合わせた兵力の十倍以上の戦力が圧倒的な攻撃を見せつけたのである。この爆撃の際、爆弾を投下した後で地上の難民用に食糧を投下したという話があるが、その裏付けは取れていない。

　いずれにせよ、女帝によって仕掛けられた砂賊討滅戦争により、砂賊の各武装勢力は援助の跡どころか、残った書類を見つけだすことが極めて困難な状態、地上一面が廃墟となるぐらいに壊滅させられた。女帝はヴァストリアントゥオ総督府の設立を宣言し、フロイディア帝国連邦によるヴァストリアントゥオ領有が改めて宣言された。

ヴァストリアントゥオ産石油の重要顧客でもあったジペニアは、大人しく引き下がっていた。というのも、コロバスタン沖合に巨大な油田が発見されたのである。コロバスタン油田をジペニアが独占的に契約し、莫大な利益を得た。少なくともヴァストリアントゥオからの撤退など無視できる程度に。

フロイディア内務省はコロバスタン首都カセイト以下の主だったメディアを買収し、油田発見情報をしばらく押さえておき、砂賊討滅戦争開戦直後に情報を解禁したことが今日では明らかとなっている。彼らはコロバスタンと敵対関係にあるトラディスタン首都ソマウルのメディアのみならず、トラディスタン・ラシー州の州都ムスコの「真実報道」紙の記者たちまで買収している。末端まで隈なく買収したというわけではない。が、極右新聞の「真実報道」に対して、政権に迎合してろくな記事を出さないため真実も報道もないと揶揄するジョークがトラディスタンにはあった。国の内外において「真実報道」に書かれていないことを深読みするという習慣があったための予防策である。なお、この油田交換が後年、ジペニア・コロバスタンの同盟対フロイディア連邦に加盟したトラディスタンとの間で行われることになる世界最終戦争への布石となるが、後述の雪の時代が終わった後の話でもあるし本書の範囲外でもあるので、割愛する。

さて、トナレイである。アンナ・カーニエは衝撃的な事実を発表した。当初は幽閉のためのこじつけだったが、捏造された医学的な証拠を出してトナレイがアルツハイマー型認知症を患っている、というのである。

クロイゼドラウグ宮殿を出てパレッケルク離宮に引きこもっていたトナレイは離宮内の病室に急遽軟禁されることになった。トナレイの白紙手形も、エージェントたちが灰になる直前にすべて回収した。口座は女帝が押さえた。以後、トナレイの莫大な資産は二人の女帝を通じてザーリップ家の共通財産となっていく。

（二十二）真夏に降る雪

古代（帝国紀元前二千百年代）、地中海の小島ヤスカリュスを統治する王ソイシュニドにエルカモッドという臣下がいた。エルカモッドはソイシュニドの栄華を羨む。そのような臣下を王は饗宴に招いた。

「玉座に座ってみよ」

エルカモッドは玉座に座る。ふと見上げると細い糸で剣が頭上にぶら下がっていた。糸は今にも切れそうである。慌ててエルカモッドが玉座から離れる。

「君主というものは片時も、かような危険から免れえないものである」

これをエルカモッドの剣と称する。かつてある危険な流星群が太陽系を公転していた。これをエルカモッド流星群と言った。「言った」と過去形にしてあるのは、その流星群が地球に連続して衝突したからである。帝国紀元二百二十年のことである。

ラルテニアの首都フロイデントゥクが大カルデラの中にあることは既述した。先史時代に一万メートル級以上の高さの火山が大爆発し大きな火口ができたのである。大カルデラの中には休火山や温泉などが残存していた。パレッケルクも遠く離れたトゥルミスも、火山地帯に位置していたのである。トロウスはパレッケルクやトゥルミスの特徴を活かして、地熱を利用した発電所や水耕栽培大農場を建設させた。

トロウスは将来パレッケルクがザーリップ家の柱廊政治の場になることを見越して、離宮敷地内に一般客も長期宿泊可能な病院施設を整備させた。この病院施設は最後までトナレイと付き合うことになる。

さらにトロウスは古代トゥアネンウィンの首都の遺跡周辺に近代的な都市建設を指示してもいた。トロウスは古代トゥアネンウィンの首都トゥルミスを新しくした都市、後の連邦の首都・新トゥルミス《ヴェン・トゥルミユ》である。トゥアネンウィンの跡地とも言うべきネアーレンス部族連合は、巨大な投資に感謝し、ザーリップ家を自国の皇位に推戴した。ザーリップ朝ネアーレンス帝国の誕生である。

自らの死の前に色々と布石を打っていたトロウスであったが、おそらく彼の想定した最悪の事態が起きてしまう。エルカモッド流星群の衝突である。

実は過去に同様の映画が作られていた。ネス・ユルノク主演の『流星』というパニック映画である。彼は「流星を迎え撃つ科学者」として冷戦を戦うジペニア科学者と協力する役を演じている。が、映画のようなハッピーエンドにはならなかった。ちゃんと協力はしたけれども、流星を少し削ぐことしかできなかったのである。

天体衝突の影響により、地球は六十年に及ぶ冬の時代（雪の時代《インセワ》とも称する）に突入する。実は電子機器に依存し始めた当時のカレンダーは、雪の時代末期によく不調となったので、正確な年数については議論がある。本書では、その雪の時代について、詳述しない。拙著『雪原の薔薇』で既述したからである。ただ、簡単に再録すると、女帝アンナ・カーニエは「食糧不足を憂える」群衆を近衛兵で蹴散らしながら、フロイデントゥクを脱出する。そして、地球を四分の一周した先のヴェン・トゥルミユに到着した。パレッケルク近辺よりもヴェン・トゥルミユの水耕栽培工場が巨大だったため、第一次産業壊滅後であってもより多くの人口を養うことが期待できたからである。

かつてトロウスの祖母ニレーゼがトロウスの母アルベラについて、悪魔のような嫁とたとえたと既述した。ここまで読めば、むしろアンナ・カーニエのほうが悪魔のような嫁という比喩にふさわしいのではないかと思われても当然であろう。アンナ・カーニエは亡命者の娘から王子の嫁への転身をもって「シンデレラ」と呼ばれるよりも「悪魔のような嫁」と呼ばれるほうを自嘲的に悪役令嬢らしいと好んだとも伝わっている。

なお、雪の時代の始まる年、トナレイは六十八歳だった。つまり雪の時代の終わりを見ることなくトナレイは死ぬこととなる。

八　若々しい老婆

(二十三) 器用貧乏《ウルバパニ・ウニエトポインモ》

トナレイのただ一人の孫アーリア・ライラは、幼少の頃より「女神《デト・ニヴェディナ》」と呼ばれていた。あまりにも多才だったためである。老いても常に若々しい容姿を維持していた。

彼女は色々な楽器をプロ顔負けに弾きこなした。ローティーンの段階でオクシカイヒティのエレオイフェン協奏曲とファルク協奏曲双方の独奏を披露したこともある。あるエディションの当該ファルク協奏曲独奏用譜面には、編集者によるコメントが付けられている。

「第六課程。この課程に属する曲を演奏するには、最高の技術と高度な音楽性が必要です」

また、当該エレオイフェン協奏曲を献呈された当代随一のトッププレイヤーがこぼしてもいる。

「この作品を演奏するにはあまりにも難しすぎる」

確かにオホテベノフ作曲のエレオイフェン協奏曲よりは難しい。

彼女は勉強ばかりする者ではなく、男の子のようなお転婆《モト・ヨブ・ルリグ》でもあった。ルブソール語で話す際、女性形ではなく男性形もしくは中性形を用いた。また、くだけたジペニア語を使う際には「俺」という男性形一人称を使いもした。

いかなる生徒に対してであっても体罰を振るう教師には容赦なく殴り返した。格闘術についても相当の腕前であった。女子を嫌ったわけではないが、女子と遊ぶよりも男子たちと遊ぶことを好んだ。このような彼女が幼い男子たちに人気が出ないわけはなく、自身を慕う悪ガキたちをパレッケルク離宮に招いてまるで悪ガキたちに君臨するガキ大将であるかのように思う存分遊んだ。

トナレイはそのような孫の姿を見ることを好んだ。あまつさえ自らも悪ガキたちに混じって孫と遊ぶように親しんでもいた。あろうことか率先していたずらをしたこともある。

侍従たちは姫君と先々帝トナレイを含めた悪ガキたちに、さぞ顔をしかめたことであろう。侍従たちは「いたずらを控えるよう」たしなめることはあっても、悪ガキたちを罰することができなかった。女帝アンナ・カーニエが黙認していたからである。というのも、トナレイの幽閉はこじつけではあっても表向きは治療行為であった。女帝としても最高級の医療を準備せざるを得なかった。

「孫の姿をながめたり、一緒に遊んだりすることは健康に非常に良い」と医師団が女帝に勧告していたのである。

中世大陸南部におけるセレシア系のアハス・ナハジなる王は、自らの息子に幽閉された。そして、自身の妻のための世界で最も美しいとされるジャト・ラハム霊廟を毎日はるかに仰ぎ見ては余生を暮らしたという。また、中世ジペニアには、政権担当者ミチナガに冷たくあしらわれ「この世は憂いばかり」という趣旨の短歌を残した盲目のオキサダ王という例もある。そんな悲劇の王たちに比べれば、かなり健康的と言えようか。

彼女は「友」とみなした者、筆者もその中の一人に含まれているが、彼女を「女神」と呼ぶとひどく機嫌が悪くなった。そして「私は単なる器用貧乏にすぎない」と抗弁するのであった。そのような彼女だったから、成長して後かえって恋愛に臆病かつ苦手になったとも言えよう。

(二十四) 侍らぬ侍従たち

侍従たちにとって「トナレイに仕えよ」としか読めない辞令はハズレくじと言えた。近年では「職場ガチャに失敗した」とでも言うのであろう。女帝の華やかな宮廷の表舞台ではなく、罪人扱いの病んだ老人に他部署と同じ給料で仕え、時には介護も必要な報われぬ職場だったからである。水耕栽培農場のおかげで衣食住が保証された天国のような職場だったとはいえ、三人の例外を除いてトナレイ付侍従の士気の上がらなかったのは無理もない。

以下その三人を仮名で呼ぶ。重々しい性格の王者侍従《リサブ》、金銭に敏感だった徴税吏侍従《ヴタム》、そして、クロ・アカの作ったジペニア時代劇大作映画『シナン侯秘話』あるいはナイヴトの小説『王子と浮浪者』を彷彿とさせるかのように容姿がトロウスと酷似していたゴルティ侍従。トロウス同様に「雷帝《イパルタス》」とも呼ばれたようでもある。仮名にする理由は、言及するだけでも本来危険ではあるのだが、実名で書いた場合に、彼らの親族に今日なお危害が及びかねないからである。

女帝アンナ・カーニエは、近衛兵で群衆を蹴散らしながら、クロイゼドラウグ宮殿を去った。が、すぐにまた、より酷薄に暴動鎮圧という名の虐殺を強め群衆を排除させながら、近衛兵をパレッケルク離宮に派遣する。逃げ遅れて祖父トナレイの元に留まり続けた娘アーリア・ライラを、ヴェン・トゥルミユに連れ出すためである。

もう少し待てば、洋の東西ともに第一次産業が壊滅していた地球において、群衆は動く人ではなく死骸へ食糧を奪う相手のターゲットを変えるようになる。生きた人を襲うよりも死骸を獲物にしたほうが食料源が入手しやすくなる。タンパク質源が何であったか思慮する余裕もなくなるという地獄絵図である。

近衛兵もより容易にフロイデントゥクとヴェン・トゥルミユとを往復しやすくなっただろう。が、一人娘の安否を気遣う女帝としてはあまり待つこともできなかったのである。拙著『雪原の薔薇』でも描写したが、女帝と女帝の実父二人が移動するだけでもかなりドラマチックな逃避行だったので、アーリアが後回しにされたのも無理はない。

迎えが来たとき、もう二十歳になっていたアーリアは、「おじいちゃんのところから離れたくない」と泣きじゃくっていた。愛する祖父から離れたくないというだけではなく、失恋の痛手から立ち直っていなかったのである。

「心配しなくても大丈夫だから」とトナレイはアーリアの頭をなでる。

「もう立派な貴婦人になったのだから、そのように泣くのではない。良いから行け、大丈夫だから」

トナレイはヴタム侍従を見て促した。が、ヴタムは躊躇していた。トナレイはヴタムの手から孫のために作らせたドレスを取りアーリアに渡して言った。

「持っていけ。向こうで、機会があれば、着ろ」

あまりにも鮮やかな深紅のドレスだったので、思わずアーリアはルブソール語でつぶやいた。

「縫ってくれるなよ《アイエン・フェフシ・イエマ》
母ちゃん《アシュトマ》
赤いナラファス《ユンサルキ・ナラファス》を
こんなん着て表に出歩けないだろうが《アイエン・ドホフ・ドラヤム・アプトプ・ニャジ》」

ルブソール語の知見のないトナレイはシルニェ語で「わからない」と言った。慌ててアーリアがシルニェ語で言い直す。

「ありがとう、向こうで、これ着るね、ありがとう」

「元気でな《ムラーシュ》、気を付けて行け」

トナレイは今生の別れであっても相手に気を遣わせないように配慮した物言いをする。そしてアーリアに手を振った。

「ありがとう、おじいちゃん」とアーリアも手を振る。

「おじいちゃんも元気でね」と、孫は涙をこらえながら退室した。

この話は、ここで終わらない。居合わせたゴルティ侍従はルブソール語ができた。少なくともアーリアが何を引用したか気づいていた。彼は去り行くアーリア一行に女帝宛の報告書を託したのである。

ヴェン・トゥルミユに到着した娘アーリアを母アンナは呼び寄せた。そして報告書を見ながら娘に苦笑とともにルブソール語で告げる。

「わが子《テイヂヤ・オミヤ》、女の子《テイヂヤトカ》、可愛い娘《シヨダ・アリミヤ》。その小さな頭は思慮のないことよ《ヴオルガ・アデポピヤ・アイエン・アヌンザリヤ》」

その言葉でアーリアは悟った。チェディアの俗謡『赤いナラファス』（ヴォマルラフ作詞）を引用し、老人の贈り物について「私自身も思慮は足りないが、その贈り物はズレている」と歌に託しながら抗議したことが露見した。

「それは確かに思慮が足りない」と歌を引用して母親はたしなめた。娘はわざわざご注進に及んだ侍従に腹が立った。そしてルブソール語で愚痴る。

「野郎、俺を裏切りやがったな。腐っても侍従なのだろうが。侍らずして主を裏切るとは侍従と言えないではないか」

より苦笑を深めた女帝は「お前は一生通じてずっと元気に飛び跳ねて過ごせるわけ

ではないのだから、そのようなことを言うものではない」と、相変わらず「赤いナラファス」を引用しながら娘をシルニェ語でたしなめた。

(二十五) 止まろうとする常動

今日なお病院食はまずい食事の代名詞となっている。医療関係者・料理関係者の努力にもかかわらず、不当な評価が蔓延している。ましてや、六十年は続いた雪の時代の劣悪な食糧状況下にあって、食事自体が食欲を削いだのも想像に難くない。だが、トナレイにとって事情はかなり違った。トナレイは魚介類もジビエも普通の人が「美味」とみなした多くの食材が苦手だった。彼の祖父の書き散らした金言「物事には作用も反作用もある」ではないが、彼は雪の時代に開発された大豆の代用肉による油脂と塩分のきいた料理を周囲が辟易とするほど好んだのである。

「こんなにおいしいならば、入院も悪くないいな」とリサブ侍従にもヴタム侍従にも、そしてゴルティ侍従にももらしていたのである。

彼の孫アーリア・ライラはパレッケルクから去った。が、相当な頻度で祖父トナレイと文通していた。

いわく、「母より部分的な譲位を受け、ネアーレンスとフロイディアの皇位を継承した（帝国紀元二百二十一年）」だの、「結婚した」「子供が生まれた（二百二十二年）」だの、と。ただし、当然ながら、アーリア自身に起こった悲劇やゴシップについては書き送られなかった。元恋人の投げた爆弾により肝心の結婚相手が式場を出たとたんに死んだことや、「新床をともにしたはずがないのに子供が生まれたのは奇跡である」とかなり無理な言説で婚前交渉をごまかし子供に奇跡《パムトン》と名付けた理由や、トナレイを幽閉した張本人アンナ・カーニエが二百三十一年に「あなた、私やっと眠れる」と言い残して五十二歳で崩御（過労死）したことも触れていない。

元々スポーツを好んだためかもしれないが、トナレイはパレッケルクにおいてかなり健康に気を遣っていた。部屋の中や廊下を利用して毎日欠かさずウォーキングに励んでいた。そして、整形外科医の施術する定期的なマッサージを好んだ。「これが気持ち良いのだ」と相好を崩して侍従たちにもらしている。

整形外科医は「今日はちゃんと歩けたようですね」「今日はあまりうまく歩けていませんね」と、ウォーキングによる健康指導をしていたという。ジペニア時代劇ドラマに、宮廷女官が医女になるという作品がある。その中に、主役の医女がかつて同僚だった女官の足のツボを触り「胃が悪いようですね」と言い当てるシーンがある。当初トナレイは「そのようなことはあるまい」と懐疑的だったが、自らがその整形外科医から足の触診によるウォーキングの可否を的確に言い当てられて「信じる気持ちになった」そうである。

「よく歩いていらっしゃいますね」

と医療関係者に言われる都度「歩けることがうれしい」とトナレイは答えていたという。もっとも、このやり取りがどんな記録にもダルハニユ先生の著書にも出てこない理由は、簡単に説明できる。政府としては認知症の病人というトナレイのイメージを崩したくなかった。「歩けることがうれしい」とは、認知症らしくないではないか。ということで、「落ち着きなく」「こんなものは気楽に上れば良い」と階段を上下するトナレイの姿だけが記録に言及されている。ダルハニユ先生の著作でもそうであった。

だが、いかに健康に留意したとしても、七十歳の老人の体躯は徐々に衰えを見せていた。二百二十二年、トナレイは前立腺肥大症を患う。その後、定期的な発症を繰り返した。その二年後、トナレイは七十二歳で大腸がんの摘出手術を受ける。ただし、この時の麻酔医は局所麻酔の際に針を適切に刺さなかった。局所麻酔が効いていない状態で手術を開始したのである。ゴルティ侍従は、このときの痛みの体験が医師団への不信感を醸成したと指摘している。トナレイは急遽全身麻酔を受け、何とか手術から生還する。その後二回にわたって白内障の手術も受けた。

二百三十五年、八十三歳になったトナレイは体に異変を感じて宮殿の自室を出て、地下の廊下伝いに敷地内の病院に向かう。そして、到着直後に倒れた。心筋梗塞である。

当直のゴルティ侍従が集中治療室に駆け付けたとき、トナレイは心肺停止状態から蘇生した直後だった。侍従は冠状動脈への内視鏡カテーテルによるステント挿入施術を動画で見せられた。その際、「不穏な言動があった」と救急医は証言しているが、具体的な内容については口を濁した。ゴルティ侍従は局所麻酔の件を指摘したという。

「一生懸命に、トナレイ陛下の心臓が動いていた。できるだけ長く、この心臓が動いていてほしいと願った」とゴルティ侍従は回想している。なお、それから七年間、トナレイの心臓は動き続けた。

すぐに容体が改善し集中治療室から離れることとなる。そして、循環器内科医の回診は一年に一度となるぐらいまでに、病状が安定した。

なお、拙著を含める各書籍によく記載されることであるが、雪の時代において時計・カレンダーを含める電子機器はよく不調となった。パレッケルクの医師団、侍従団そしてヴェン・トゥルミユの宮廷の三者間において、「年月日が食い違う」のは「よくあること」になってしまう。ゆえに、たとえ正史の採用した日付であっても、二百四十年代から二百九十年代まで、各資料で年が前後する可能性のあることに留意いただきたい。

(二十六) 陰《モールグ》を照らす陽光《ドニヒス》

本書はトナレイの二人の妹の結婚、出産、そして未亡人となった経緯について記載しない。記載しない理由についてもやはり記載しない。今まで散々くどいほど「どうでも良い」と既述してきたからである。

だが、結婚後にザーリップ家を離れたにもかかわらず、トナレイの二人の妹が離宮敷地内の柱廊政治病院に滞在した理由についての記述は必要だろう。柱廊政治病院は、時の権力者や皇族関係者の患者を受け入れてきた。当時は患者のほうが入院しなかった人間よりも長生きすることが珍しくなかった。トナレイには知らされなかったが、長女アデラは脳や心臓の循環器に問題があり、次女アシェルファは怪我により左脚が不自由となっていた。二人とも、雪の時代が始まる前に病院にいたため、そのまま病院の長期滞在用客室に取り残されたのである。

パレッケルク離宮の宮殿および柱廊政治病院のスタッフは、雪の時代が長引くにつれ顧客について心配するようになってきた。何年も場合によっては何十年も室内に引きこもったままで、健康に悪いとみなされたのである。

　各証言によれば帝国紀元二百四十年から四十一年にかけて、ダルハニユ先生によれば二百四十二年、ゴルティ侍従を中心とするグループが一計を案じた。天候を予想して参加者を募り、比較的天気の良い日を見計らってパレッケルク近くのノムティヒス丘陵へのハイキングに出かけたのである。若々しく見えるようになったため、実年齢を忘れないように陰では「若々しいばばあ」と呼ばれ始めた女帝アーリア・ライラの許可も事前に得ていた。

　女帝の勅許を得るために入念な準備がなされた。急遽、手すり、階段、そして歩道についてもぬかるまないよう、充分にハイキングコースが整備されたのである。

　一枚の写真がある。手すりは持たず、傘を両手で持ち、細雪の中ハイキングコースを上っていくトナレイである。その足取りは心筋梗塞を患ったとは思えないほど確かである。次の写真でトナレイは右手に傘を持ち、左手は下に下げ周囲の樹氷を見て少し微笑を浮かべている。後に妹二人は焼き増ししたこの写真を最後の思い出に自室へ持ち帰る。

一行はこの日のために急造された山小屋に立ち寄る。そして昼食と酒が出された。一口味わってトナレイがエンボイアム語で言う。

「おまえら、いつもこんなにうまいものを食べているのか？」

一同は当惑する。というのも、料理の味付けのために使われたタンパク質調味料は、例の「タンパク質の由来が何であるか聞きたくない」代物だったからである。トナレイはシルニェ語で続ける。

「余みたいに美味なものばかりを食べていてはならぬぞ。この老人みたいに病気になっては長生きできぬぞ」

一同は苦笑するしかなかった。が、トナレイは、周囲の当惑と苦笑をよそに、窓から屋外を眺めて言う。

「晴れてきたみたいだな」

ゴルティ侍従は内心、安堵した。往路の天候が彼の予想よりも悪かったからである。そして、復路の天候は完璧となった。

雪山ではあまり晴れ過ぎると、まぶしさのため目を傷めることがある。当日の薄い雲を通した陽光は、周りを柔らかく光に包んだのである。トナレイの好んだ白色をベースとした白銀に輝く樹氷。そして山間に凍り付きながらも流れ行くトナレイの好んだ水辺の風景。少し見上げたトナレイの顔が一層ほころぶ。すかさずゴルティ侍従はトナレイの写真を撮った。それはトナレイの生涯で最高の笑顔だった（後述の「プレート」用の写真ともなる）。

　トナレイは、横からの写真の隠し撮りを終えたゴルティ侍従に向かって言う。

「気に入った。ありがとう。おかげで気が晴れた《モールグ・ドニヒス》」

　侍従たちも笑顔で一礼する。そして上機嫌なトナレイに続き、宮殿内の認知症患者の病室という名の牢獄へとトナレイを案内した。

　病室においてトナレイは日課となっていた、自らの血圧測定を行う。そして、まだ病室に残っていたリサブ侍従に笑いながら言った。

「歩くと調子が良い。おまけに降圧剤の利きも良くなるのか、血圧も下がってくれる」

「運動が血圧に良いとはそういうものでございましょう」と侍従も笑顔で応じて退出する。

侍従たちやトナレイにとって、高かった血圧が下がることは問題と思わなかったろう。だが医師団にとって、血圧の下がるもう一つの要因について思い至らなかったという事実については、怠慢のそしりを免れまい。

（二十七）治療できぬ医師団

再び集中治療室

不都合なことに本項が本書で最も長くならざるを得ない。本項の情報源は前述のゴルティ侍従の証言に基づく。集中治療室にトナレイが「(再)入院」したときもトナレイが崩御により「退院」したときも、ゴルティ侍従が付き添っていたからである。

トナレイの「血圧が下がりすぎた」ことにより、内科が専門だった侍医は処方の薬を少し減らした。これ以上、血圧を下げないようにするためである。

ある日、トナレイは日課の廊下でのウォーキングをしなかった。「体が動かない」

というトナレイの言を聞き、侍従たちは車椅子を準備した。アンナ・カーニエに「幽閉」された時点で既にトナレイは高齢であったため、「老衰か何かにより体躯が弱まったのだろう」と侍従たちは楽観的に考えた。

　雪の時代において徐々に悪化する医療環境において、再び循環器内科の診療の目途のついた数か月後、おそらくはトナレイが九十歳となる帝国紀元二百四十二年、当該医師ドレフォブはトナレイのカルテを見て怒り出した。カルテに現れていた症状が心筋梗塞の患者が自己判断で薬を減らしたときのものと酷似していたからである。また、「他の事象がありうる」という事例に出会える時代でもなく、想定外な状況を考慮できるほど彼は経験も年齢も不足していた。

「なぜ薬を減らしたのですか」

「血圧が下がりすぎると良くない、と侍医が処方を変えた」とトナレイ。

「それでは仕方がない」とドレフォブがトナレイに向き直った。そこで、侍従はトナレイの心臓の映像から目を離した。その映像は以前ほどの力強さがなく、弱々しく蠕動しているのみだったという。

「心不全です」とドレフォブが宣告する。

「集中治療室を準備しますので、緊急入院してください」

医師は冷たい口調を変えずトナレイに、どの程度までの終末医療を希望するか確認する。その時のトナレイの様子は人生で二番目ぐらいに落ち込んで見えた、と侍従は言う。

食べられぬ食事

看護師たちにとってトナレイは奇妙な患者だった。エンボイアム語で卑俗な表現を使うかと思うと、堅苦しいシルニェ語で話す。とくにシルニェ語の君主用一人称代名詞の「朕《リウ》」は、慣れないらしかった。というのも、その語はシルニェ語の一人称複数代名詞（私たち）と同じ言葉だったからである。

「電話を朕に貸せ」

と言われて看護師は少し当惑する。一人の人間から「私たちに貸せ」と言われると、誰でも戸惑うだろう。彼は類推し電話の子機をトナレイに渡した。

「看護師たちは席を外しますね」

「朕は汝らに感謝する」

看護師一同は一礼して退出する。

電話を受けたとき、ゴルティ侍従は相手がトナレイと気付かなかった。しかもトナレイは一方的な伝言を侍従に寄越してきたのである。

「葬儀には妹二人のみを呼べ」

「ドアマンに対する侍従の態度が気に入らなかったので、ドアマンに謝罪せよ」

などとこまごまとした指示を電話で寄越され、ゴルティ侍従は「MPを削られた」と「精神的な打撃を受けた」ことをコンピューターRPG用語にたとえる。こののちさらにMPを削られる思いを彼はする。

当時パレッケルクに侍従長はいなかったので、侍従たちのリーダー格のリサブ侍従とゴルティ侍従は相談する。リサブ侍従は慌てて、医師団と看護師団に医療方針会議の開催を要請した。そしてドレフォブ主治医、副主治医、麻酔医、当直看護師代表と三人の侍従たちが集まる。ヴタム侍従はヴェン・トゥルミユの女帝アーリア・ライラのリモート参加を主張した。が、雪の時代の当時、電子機器も通信機器も不調を来しやすかった。ゆえに、女帝へは事後報告で済まされることとなった。

「皇族関係者が出席しないのはおかしい」とのゴルティ侍従の主張により、柱廊政治病院に滞在を続けていたトナレイの二人の妹たちもその会議に呼ばれた。

「侍従団は」とリサブ侍従が切り出す。

「ヴェン・トゥルミユの女帝アーリア・ライラ陛下からトナレイ先々々帝陛下に『できる限り長生きしていただくよう』厳命を受けている」

実際、女帝は本書の描かない戦争においても「なるべく死者を出すな」と厳命している。が、当時そのようなことも知らないゴルティ侍従は、リサブ侍従の用いた繰り返し記号「々」の多さに、トナレイが玉座から遠ざかってからの長期の時間に思いを巡らせ、それだけ権威も薄れていることを悟ったという。が、ゴルティ侍従にとって、リサブに対する主治医ドレフォブの苦笑と続く言葉のほうが「よりＭＰの削られる思いをした」という。

が、その時、副主治医が口をはさむ、「患者本人は『早く苦しみを取って欲しい』

と言っておりますが」だが、主治医は彼女の言葉を無視して続ける。

「心不全という病気はかかるとまず回復しません。良くて現状維持です。回復を祈ってはいますが徐々に悪化していくのが通例です」

ここでヴタム侍従が口をはさんだ。

「トナレイ先々々帝陛下が落ち込んでいると伺っている」

ゴルティ侍従が頷いて同意した。そしてヴタム侍従が続ける。

「医師団としての、精神的なケア……」と言いかけたところで主治医ドレフォブが口をはさんだ。

「では直接的ではなく間接的に、あまり核心に触れないように説明したほうが良かったでしょうか」

「そのようにしていただきたい。さもなければ」

ヴタムは医師団に対する報酬減額を示唆しようとした。

「そのように再説明いたしましょう」

主治医ドレフォブが言う。この段階でヴタム侍従もやり取りを聞いていたリサブ侍従も、医師団に対しての心証が悪化していた。怠慢であるかのように感じられたのである。リサブ侍従はヴタム侍従よりも厳しい言葉で「近衛兵を動かして食人の行われる雪の中にお前らを放り出してやろうか」と言おうとした。一同は雪や寒さに食人のトラウマを抱こうとしていた。言えば、即、会議が決裂したことであろう。が、看護師の言葉が会議を決裂から救った。

「あのう、トナレイさんのお好きな食べ物は何だったでしょうか？　食事を用意してもあまり召し上がっていただけないのですが……」

侍従たちは顔を見合わせる。ずっと沈黙していたトナレイの妹たちも顔を見合わせる。ゴルティ侍従以外はトナレイの大豆の代用肉に代わる好物についての知見がなかった。

「最近食欲がずっと落ちていらっしゃったので」とゴルティ侍従が応じる。

「ロールパンならば一個の半分。ゼリー状の食べ物、甘味、とくに冷えた果汁のジュースを好まれます」

看護師たちは用意した。とくに冷えたジュースを味見したとき「甘い」とびっくりしたが、トナレイ本人は「これがおいしいのだ」と相好を崩して喜んだという。が、かえって、ゴルティ侍従のＭＰは削られた。心筋梗塞発症後のトナレイは『家庭の医学』《ロトキド・デユグ・タ・エモツホ》という一般向けの医学書を読み込んでいた。トナレイが集中治療室に再入院した後は、ゴルティ侍従が『家庭の医学』を読んでいた。彼には食事もとれなくなるぐらいにトナレイが衰弱すると予見できていた。

「いつまでも食事を召し上がっていただけるわけではない」と思ってゴルティ侍従は落ち込んだという。

院内感染

今日において実際に死ぬまで手遅れという病気はほとんどない。だが、今日でも心不全は治療の難しい病気である。本書は医学書ではないため症状やその治療に深入りしない。トナレイの体に起こったことのみを簡単に概観する。

トナレイの場合、心臓上部の冠状動脈の中で血栓が発生し心筋梗塞となった。その際、心臓下部の筋肉に致命的なダメージを受けていたのである。「血流の途絶えた筋肉が死ぬ」と当時の医者が表現している。心筋の上側だけでなんとか鼓動を保っていたが、トナレイの心臓にとって七年は長かった。心不全を発症したのである。

心臓が正常な場合、血流が肺を正常に機能させる。水分が肺に入っても血管へと流れ出る。ところが心不全になると、水分が肺から流れ出ないで肺に水がたまる。地上にいるにもかかわらず水に溺れるようなものである。当時から人工心肺装置はあったが、トナレイ自身がその機器の利用をなぜか断った。そこで尿として水分が排出されるように利尿剤を投入する。

だが折悪しく、前立腺肥大症がトナレイの体で再発していた。尿は出にくい。だが、喉は渇く。

「苦しい、水を」と言ったと、トナレイのカルテによく書かれている。別にトナレイのカルテが公開されているわけではない。医療方針会議に欠かさず出席したゴルティ侍従が横目でカルテを盗み見ていたのである。

　集中治療室の入院が長期に亘るため薬剤投入用のカテーテルの差し替えが行われた。医師団は、カテーテルの刺しっぱなしが衛生的に良くないと考えたのである。

「陛下が発熱？」

医師団の言葉が信じられないというようにリサブ侍従が聞き返した。

「おそらくですが」と主治医が答える。

「カテーテルを差し替えたときに雑菌が入ったのではないか、と。マーカーを調べたのですが、菌の特定に至っておりません」

「それは」とヴァタム侍従が厳しい目で医師団を凝視する。

「院内感染、ということですね？」

「そうです」と医師団は特に何の感慨もなく肯定した。侍従たちが医師団の能力を疑問視していることに医師団は気づかなかったのであろうか？　患者本人のエンボイアム語による言葉も残っている。

「おれは覚悟した。おれは医者に殺される」

このトナレイの言葉は、医師団・看護師団が「せん妄」「うつ」と片づける言葉の最初であって、最後ではなかった。トナレイの集中治療室は完全な密室であり、トナレイが生前好んだ推理作家アイツィルキの著述した作品を連想させたのかもしれない。密室に居合わせた全員が犯人とか一度死んだはずの人間が犯人というのはずるいとも言っていたそうである、ということを想起しながらもゴルティ侍従は尋ねる。

「抗生物質の投与も始まりましたが、効き目は良くないようですね」

「その通りです」と主治医。

侍従団の疑惑は確信に至るが、効き目が良くないことの説明が先に必要だろう。誤嚥を避けるためトナレイへの薬剤投与は点滴やカテーテル経由で行われた。だが、点滴もカテーテルも心臓が正常に動き、血流が薬剤を体に届けることを期待して行われるものである。心臓がまともに動かず、脈もとれないほど血流が怪しいときに、血管に投入された薬剤が満足に効くはずがないではないか。

以上の経緯で当時の医師団を「無能」と決めつけるのは酷かもしれない。現在でもなお、心不全は治療方針を決めるのも難しい病気だからである。

数日後、主治医が交替した。あろうことか主治医自身が院内感染したため、トナレイの担当ができなくなったからである。どこの世界に感染症にかかったまま医療行為を続ける医者がいるというのか。

主治医交替を聞いてゴルティ侍従は思ったという、「医者よ、自らを癒せ」と。
筆者も全面的に同意する。

死なない瀕死の患者

ガンであればいつごろに症状が悪化するか、大体の予想がたてやすい。そこから逆算して治療方針とスケジュールも決めやすいし、治療しない場合の葬儀も準備しやすい。が、心不全の場合は異なる。早期の心不全ならば通常の生活は可能である。ただし、今日でも完治することはない。トナレイの場合は末期の心不全だった。良くなることはめったにない上に、いつ致命的に悪化するか予断を許さないのである。

トナレイに用いられた薬剤の詳細についての記載を割愛するが、主に左記四種類の薬剤が用いられた。

- 強心剤（弱まる心臓に直接的に作用させる）
- 利尿薬（前述のとおり肺にたまる水分を尿として排出させる）
- 鎮静剤（肺の水が残ったままでは苦しいので苦しみを和らげるために用いる）

・医療用麻薬（鎮静剤の効果が落ちてきたときの補助）
強心剤以外の薬剤がすべて副次的な薬で、強心剤さえ効けば他の薬剤が不要であることにお気づきだろうか。

「この二、三日が山場です」

「数日以内にお亡くなりになる可能性があります」

「十日に一度、医師は言い続けた」と、ゴルティ侍従が証言している。もしも事実だとすると三人の侍従たちの医師団への不信感が深まったことであろう。そもそも医師団はオオカミ少年についての寓話を聞いたことがなかったのであろうか。いや、彼らは知識・知恵については最高級のものを持っていた。採血の手際は非常に良かったそうである。が、他にすべきことはなかったのかという思いを禁じ得ない。

　まずヴタム侍従が失踪した。ヴェン・トゥルミユのアーリア・ライラに医療態勢の改善を直訴すべく、無断でパレッケルクを離れたのである。ヴェン・トゥルミユ到着後、女帝本人がかくまった。政治的に微妙な立場にあったトナレイへの肩入れを咎める者たちによる侍従への後難を恐れた、とアーリアに聞いた覚えがある。

次にリサブ侍従が失踪した。ヴタム侍従が帰ってこないので女帝に確認しようと出向いたところ、そのままかくまわれたのである。では残りの侍従はゴルティのみか？

侍従たちへの辞令は当時、非常にシンプルな一文のみであった。

「パレッケルク離宮での勤務を命じる」

「トナレイに仕えよ」と書いてあったわけではない。ヴェン・トゥルミユの場合は仕える相手を明示されたのであるが、パレッケルク離宮の宮殿建物から離宮敷地内の病院に入院したのだ。ならば完全に医師団に任せればよいではないか。

だが他の「与えられた仕事さえこなせれば良い」と考える意識の低い侍従たちにもゴルティ侍従の様子は強烈な印象を与えた。あまり眠っていないようにも見えるということで、同僚たちはゴルティ侍従に柱廊政治病院の心療内科を受診させた。

「うつ状態ですね。抗うつ剤と睡眠導入剤を処方いたしましょう」

と診断された彼は抗うつ剤と睡眠導入剤と抗不安薬を毎日服用しながら、トナレイの病状を確認すべく、トナレイの入院した集中治療室に毎日出かけた。

「連日大変ですね」と麻酔科医がゴルティ侍従に声をかける。さらに別の病室に入院したまま外に出ることのできなくなったトナレイの妹のアシェルファが心配して声をかける。

「医者に任せれば良いから侍従が毎日来なくても良いぞ」

ではどうすれば良かったのであろうか。そろそろ認知症の歪みの出たトナレイの怪しげな言葉に振り回され、「そんなことはどうでも良い」とトナレイ本人に質問を退けられたゴルティ侍従に何ができたであろうか。セカンドオピニオンを求めようにも、そんなものの期待できない時代である。

ゴルティ侍従自身、セカンドオピニオンを求めても結果は同じだろうと予測もついていた。彼はアーリアが己のことを「侍らぬ侍従」と表現したのを聞き及んでもいた。おそらく彼はトナレイの病状に過剰な責任感を抱いていたのであろう。筆者は職権で侍従たちに彼の様子を聞いたことがある。

「トナレイ陛下の件により、ゴルティ侍従は毎晩、電話を握りしめながら眠っていた。いつ柱廊政治病院から電話がかかってくるか分からなかったからである。トナレイ陛下の崩御した後も電話を握りながら眠る癖が抜けなかった」そうである。

最後の思い出

心臓が弱った際、基幹部分を生かそうとして体の末梢部分は早く死んでいくといわれている。「廃用症候群」ともいうとか。本書は医学書ではないので医学用語の妥当性については一切考慮しない。そのためか、トナレイは末期においてよく腹痛を訴えた。「腸の動きも怪しくなっていて、便通に支障が出はじめている」と医師は言ったという。

また看護師によれば口の筋肉も動かしづらいらしく、「BとP」の子音はおろか「BとZ」を混同することもあったという。

「あの山は何か」と病室から見える丘陵を凝視しながらトナレイがゴルティィ侍従に尋ねる。

「ノムティヒス丘陵にございます」とゴルティィ侍従は答えた。最高の笑顔をトナレイがハイキングで見せた丘である。侍従が何らかの感慨を抱く前にトナレイが苦笑する。

「ここはフレーデンスラントの中であったのか」

そしてトナレイは首を横に振る。

「ヴァストリアントゥオかセレシアにいるのかと思っていた」

なるほどセレシア語にBとPの区別はない。ダルハニユ先生の著作でも「セレシア語で看護師に話しかけようとしたが、セレシア出身の彼女にも理解できなかった」とある。

「今は何時か」とトナレイ。目の前の壁には大きな時計がかかっている。時計の針も読めなくなっていたのである。それだけではない。

「情けない」とトナレイは嘆く。

「后の顔も思い出せなくなった」

ダウンロードしていたアルベラ・サイラの写真を表示し、ゴルティ侍従は手持ちの携帯電話を無言でトナレイに見せる。いつの写真かは知れないが、自信と将来への期待に満ちた笑みを撮影者のトナレイに向けている。

トナレイは携帯端末を押し抱くように両手で侍従の手を抱えて泣く。

「こんな顔であった、こんな顔であった」

その様子はトナレイの一生で一番落ち込んで見えたという。

一計を案じたゴルティ侍従は翌日、いくつかの写真をフォトフレームに入れて集中治療室へと持ち込んだ。前述の微笑を浮かべるアルベラ（この写真が後述の銅像のモデルとなる）、皇太子トロウスの撮影したトナレイとアルベラ、そしてトナレイ自身の撮影したトロウスとアルベラの写真である。満面の笑みで眺めながら最後の写真を指さしてトナレイが問う。

「いつの写真か」

「約五十年前にございます」

「五十年か……。年を取るはずだな」と再度トナレイは苦笑しながら涙ぐむ。が、急に真顔になる。

「后の名は何であったかな？」

MPを削られ続けて呆然とするゴルティ侍従が答える前に、トナレイが自らに答えた。

「キャルタビア・グラシア！」

それはアルベラの母親の名前である。ゴルティ侍従が訂正すると、トナレイは「忘れないように后の名前をフォトフレームの裏に書け」と指示した。侍従が書く。トナレイは書いてあることを確認し「飾れ」と言ったという。おそらく、もはや字を読むこともできなかったろう。書いてあると自らに言い聞かせて安心するようにしたのであろう。

「お願いがある」とトナレイはエンボイアム語で指示した。

「おれが死んだら、棺には后の写真を一緒に入れてくれ」さらにはシルニェ語で「朕の葬儀には侍従のお前と妹二人のみが出席するように。余人の出席は、ならぬ」と付け加えた。

その言葉に「かしこまりました」としか答えられなかった侍従は、事務所に戻って色々と暗躍する。本書は「パレッケルクはザーリップ家の霊廟を擁する」と既述した。霊廟は柱廊政治病院および宮殿のあるパレッケルク離宮の敷地から歩いてすぐのところにある。

トロウスが柱廊政治病院の建設を指示した際、地下通路で霊廟・病院・離宮の宮殿・侍従事務所を往復できるように工事を指示していた。が、当時、葬儀を行うのは困難であった。

腹をすかした他人に自らの体が生きたまま踊り食いされるかもしれない時に、他人の体を葬る儀式を行う余裕などあるはずないではないか。だが侍従は一定の格式の僧侶を何とか複数人確保した。水耕栽培農場に葬儀用の花も手配した。「ジペニア人みたいに花を食べるのか？」と尋ねられたそうである。

「そろそろ最後かもしれない」と考えたゴルティ侍従は書簡をヴェン・トゥルミユに託した。「葬儀の日取りは決まらないが、パレッケルク霊廟にて執り行う」と。いつ死ぬか分からない者の葬儀について、いつ到着できるか分からない書簡でアーリア・ライラに報告したのである。女帝は、少し立腹しながらも、了承の意の返信を出した。返信がパレッケルクに届いたとき、トナレイはまだ生きていたのだが。

侍従は、最後の面会をトナレイの二人の妹に打診した。かつて歩行中に気を失ったことのあるアデラはトナレイの病室への移動を嫌がった。葬儀の際も足元が怪しかった。移動中にまた気を失うのではないかと怖がったのである。アデラはトナレイ宛の書簡を侍従に託し代読を依頼した。左足の不自由なアシェルファは、むしろ面会を快諾したのである。

侍従とアシェルファの二人が病室に入る。侍従はアデラから言付かった手紙を読み上げた。が、もはやトナレイには何を言っているのかよく理解できなかったろう。だがアシェルファ本人が呼びかけると、トナレイの表情は急変した。口が動かしづらくなっていることに苦労しながらもエンボイアム語で語り始めた。

「父の子供は、みな怖い爺さんが名付けた。父は少し寂しそうな感じだった。だが、アシェルファ、お前の名前だけは幸福《アシェルファ》になるようにと父が名付けた。元気《ムラーシュ》でなアシェルファよ、長生きするのだぞ」

アシェルファは苦笑してエンボイアム語で答える。

「全然、認知症じゃない。お兄ちゃん、しっかりしている」

「そうか?」

「そうよ」とアシェルファが主張する。

「医者はなんでも病気にしたがるから。お兄ちゃんの認知症も、それよ」

「そうか」トナレイはシルニェ語に切り替えた。

「悪いが席を外してくれ。朕は侍従に話がある」

一人取り残された侍従は身構える。トナレイは再びエンボイアム語に戻って侍従に告げる。

「おれは医者に殺される。俺が死んだら皇宮警察に捜査を依頼せよ、必ずだぞ」

医師団は確かに無能だったかもしれないが、悪意を持って治療にあたっていたのではなかった。「なかったと信じたい」とも侍従たちは言った。ある程度トナレイの扱いに慣れてきたゴルティ侍従は、ただ「わかった」とエンボイアム語で応じることしかできなかった。

トナレイはゴルティ侍従の顔を凝視して言う。

「ロデトよ、長生きするのだぞ」

「ロデト……?」

浅学な筆者が侍従たちに聞き返す。すると、侍従たちはヨハマの件とともに、トナレイの末の弟、正史では「いなかった」ことにされているロデト・レヒユについて教えてくれた。いや、正史からは消されたザーリップ家の影の存在をと言うべきか。トナレイは侍従に息子トロウスとでもなく、自身の末の、もう死んで長い時間の経過したロデトと呼んだのである。

ダルハニユ先生はトナレイのこの時期において「玉璽を返せ」と看護師に迫ったと描写する。が、この話は、後年の者の脚色である可能性がある。『雛菊夫人』という映画がある。年老いた老婦人と金持ち息子の雇った運転手との交歓を描いた映画である。その中で雛菊夫人は晩年に認知症を発症する。元教師だった彼女は退職して何年もたってから「ここに置いたはずの採点済みの答案はどこ？　生徒たちが待っているのに」とあるはずのない試験答案を探す。

「見ていられない」とまだ若いころのトナレイ、「年取ると余が『詔書はどこか』とありもしない書類を探しそうで怖い」と寸評している。寸評による脚色であろう。もっとも、脚色と断言するのも難しい。というのも、「今日は祭りで俺の処刑の日か？」と、もっともっと問題のある発言を、この頃のトナレイはしていたからである。

十分間の空白

入院費に充当しようとしたのか今となっては分からないが、最後の病床でトナレイがゴルティ侍従に「百フロインを口座から引き出せ」と命じたことがある。月給二か月分の金を彼は準備した。が、翌日に「金は不要だ」とトナレイが言ったという。あるいは「朕の葬儀にはお前と妹二人のみが参列せよ。余人を呼ぶな」とも言ったという。

周囲の者にとっては真意を測りがたかったが、意味のある言葉が口から出ていた時期はまだ良かった。やがて口から発する言葉が意味をなさなくなりはじめる。のみならず、トナレイの耳に届く言葉も徐々に意味をもたなくなりだしたのである。

鎮静剤が強化された。随時画面に表示される呼吸数、脈拍・血圧・血中酸素濃度を一瞥してゴルティ侍従が言う。

「随分と血圧が低いようですね」

血圧の上が五十である。かなり危険な状態と言えよう。

「そうではありますが」と薬剤の調整を担当していた麻酔医が言う。

「お薬でゆっくり休んでいただいたほうがお身体も楽かと考えまして」

麻酔医の強化した当時の鎮静薬の種類には眠くなるほかに、血圧を下げる副作用があると知られてもいた。侍従は荒い呼吸の患者を凝視しながら病床でよく言われた言葉を思い出す。

「おれは医者に殺される」

確かにそうだろう。とはいえ医師の無能を咎めるわけにもいかないではないか。麻酔医に振り返った侍従は一礼し病室を去る。そろそろかもしれないと感じながら。

ゴルティ侍従が宮殿内事務所に到着する寸前に、電話が彼を呼び出した。看護師が「そろそろです」と告げる。

すぐに彼は取って返す。病院地下入口の警備員詰め所で警備員と医者が入口をふさぐように雑談していた。

「通るぞ」と言って侍従は二人を押しのけて入る。

看護師は侍従を病室に案内した。そして侍従一人を残して退室する。時刻は十七時五十分、そろそろ看護師たちの夕食の時間だったのである。医師たちは少し前から夕食を摂り始めていた。

侍従はトナレイの手を握る。

「陛下、もう少し、がんばってください」

トナレイは苦しそうな息遣いで目をつぶったまま侍従の手を握り返した。侍従はその手をやさしく振りほどきベッドに戻す。そして、トナレイの手の甲をさすり始めた。そして「陛下、陛下」とトナレイに呼びかけ続けた。

十七時五十七分、ゴルティ侍従の呼びかけは「陛下！」という叫びに変わった。突然、呼吸数と脈拍がゼロに変化したのである。けたたましくアラームが病室に響く。ゴルティ侍従は事態の異変を察して手をトナレイから離す。数分もせぬうちに看護師が来た。

機器とトナレイの様子を見て食べかけていた夕食をのみ込んで看護師が言う。

「お医者さんを呼んでまいりますね」

彼女が退室してからもアラームは鳴り続けた。十分後の十八時七分になってようやく副主治医が現れた。彼女は通り一遍の確認をして「お亡くなりになりました」と言う。「はい」とだけゴルティ侍従は応じた。

「十分前にそんなことは解っていただろうが、患者の脈拍と呼吸の常時監視を診療項目に計上し続けたのはどういう了見かと、怒鳴らなかったのは賢明だったろうか」と彼は回想した。

　侍従はトナレイの妹アシェルファを病室に呼んだ。アシェルファはトナレイの腕を見て驚く。

「腕があざだらけであるが、医師や看護師たちは、それほどまでに採血に失敗したのか」

「いいえ」とゴルティ侍従は応じる。

「それは老人性紫斑で陛下の入院前から腕に現れておりました。また採血に関して彼らは手際が非常に良かったものです」

　ゴルティ侍従は採血以外の能力については疑問だが、という言葉をのみ込んで続ける。

「陛下は紫斑を気になさっていましたが、見栄え以外とくに問題がないため紫斑は放置されました」

「見栄えといえば」とアシェルファはトナレイの死に顔を見て言う。

「まるで東洋の神像のように穏やかな表情をしている」

おそらく彼女はブドア教の涅槃像という穏やかな顔の彫像を想起したのであろう。

一同に東洋に関する確かな知見はなかったが、トナレイの死に顔は穏やかに見えたという。

（二十八）盛大な家族葬《エタヴィルプ・ラレヌフ・ニ・キルブープ》

水耕栽培農場からの花が大量に祭壇に飾られる。祭壇には例のノムティヒス丘陵へのハイキングの際に撮影された、トナレイ人生最高の笑顔の写真が掲げられた。

幸いなことに霊廟の身廊にいたのは三人のみであった。トナレイの指定したとおりゴルティ侍従、アデラ、アシェルファ二人の妹たちである。霊廟の門戸は開いていたが、当時のパレッケルク自体が映画『ドラツィフツォ』のディストピアのように閉ざされた空間でもあった。ゆえに、外部の人間が簡単に入ることはできなかったろう。医療関係者の葬儀への参列は妹たちが断った。たとえ招待しても来なかったであろう。

さらに幸いなことに、この葬儀を巡って教会関係者と他の人々とが衝突することもなかった。過去のザーリップ家の葬儀では、葬儀について教会の宗派間でもめることも多かった。今まで言及してこなかったが、パレッケルク霊廟を擁する派閥とラモキエリユの発展母体である聖ラモキエラ大聖堂を擁する派閥とは、熾烈な宗教論争を繰り広げていた。両派ともザーリップ家は自派の檀家とみなしていたため、葬儀のたびに綱引きが行われたという。

トナレイの妻アルベラ・サイラに至っては葬儀の都度問題が発生することに嫌気がさし、「私が死んでもラモキエラ大聖堂の僧侶だけは呼んでくれるな」と言い残したぐらいである。もっとも雪の時代に宗教自体が死にかけてから、ようやくそんなことはどうでも良いこととして宗教論争が収まったように考えられなくもない。

ルアーフェス作曲の『鎮魂曲《マイウゲル》』が、第一曲『入祭唱』から順に流される。音源からの歌声に合わせて僧侶たちが祭壇の前へと歩み出た。

「永遠の休息《マイウゲル》を彼らに与えたまえ。絶えざる光で彼らを照らしたまえ」

三人の参列者の両頬を涙が流れる。薄暗く照らされたザーリップ家の霊廟の堂内に僧侶の祈りが響く。

祈祷の終わりに妹たちはゴルティィ侍従に告げる
「そなたは実にトナレイ陛下によく尽くしてくれた。感謝する」

彼は無言のおじぎで応じる。もうすでに精神的な限界を超えていた。葬儀の直後、リサブ侍従やヴタム侍従同様ゴルティィ侍従も失踪するからである。彼もまたアーリア・ライラの元に赴きそのままかくまわれたのである。

葬儀の終わりも近づいた頃になってゴルティィ侍従はトナレイの妻の肖像写真を棺に差し入れる。

「棺に写真を？」と僧侶は少し驚く。

「トナレイ陛下に『死んだら后の写真と共に棺に入れよ』と命じられておりましたので」

ゴルティィ侍従は答えた。僧侶たちはうなずきその副葬品を許可する。トナレイの棺は霊廟の奥に運ばれしかるべき場所へと安置される。

棺を安置するために作られた、ルアーフェス鎮魂歌の第七曲（最終曲）『赦祷』の二長調の旋律がまるで子守歌であるかのように明るく穏やかに霊廟の中を流れた。

「天国が汝を迎えますように。汝の到着時に殉教者たちが、天国の都の人々が汝を迎えますように。一団の天使が汝を受け入れ、貧しき聖人に対して行ったように心の平安をもたらしていただけますように」

結

あとがきと序文を読んでから書籍を購入しようと考える人が本書を手にしたのであれば、「無駄な努力ご愁傷さま」としか言えない。本書の序文と長すぎるあとがきは、購入検討に資するだろう情報をわざと省いてあるからである。

もしも序文を先に読んでいれば、「序文のある書籍はゴミくずに過ぎない」という句を見出すであろう。というのも、他ならぬ筆者自身がゴミくずと考える手合いだからである。

「相変わらず辛辣だな」

という他人の声を口述筆記器が拾ってしまった。街中を歩きながら口述筆記などするものではない。もちろん、今日では脳内思考をキャッチする概念筆記も可能ではある。他人の思考と混線することはまずないが、歩きながら概念筆記できるほど私は器用ではない。などと考えつつデバイスのマイクをミュートし周囲を見渡した。

帝国紀元三百十五年フロイデントゥク、凱旋門通り、アルツァイ広場の人混み。前方の声の主は血筋のためか六十四歳にしては若々しく見える。歩きながら概念筆記もできるぐらいには器用そうな平服を着た初老の紳士を、私は凝視した。

「フロイデントゥクが連邦の首都ではなくなったからといっても、たった一人でこんなところをほっつき歩いていて良いはずはありませんぞ、あなたの《ルオイ》……」

と言いかけて私は言葉をのみ込む。このような市井で現在の連邦皇帝パムトン二世に「あなたの帝国の威厳《ルオイ・ライレピン・ユッエヤム》（＝皇帝陛下）」と呼びかけるのは、さすがにためらわれたからである。「お忍びの皇帝がここにいるぞ」と周囲に広言する必要はあるまい。

「口述筆記を」と皇帝は私の手元を指さし「止めても良いのか？」と言った。

「私の著作に他人の言葉を不注意に取り込むわけにはまいりませんので」

「うむ」と皇帝は少し考え「血筋のためか、わりと遠くからも博士の声が聞こえていたが」と私の手元のデバイスを「とんとん」と叩くかのように指を数回上下させる。

「今回の著作も名誉教授の講義のように、いろいろ脱線に富んだ楽しい作品のようだね？」

「脱線だけが楽しいという評価もございます」と私は反論を試みる。

「今回は少々不本意な執筆ではありましたが、脱線に気を取られているようでは史家の風上にも置けないか、と」

「ほう、なぜかね？」と皇帝は興味を向けてくれる。

「史学の父ストドリオの著作『歴史』の原意は研究です」と言いながら、ふと反対車線側の歩道が気になった。何人かが突っ立ったまま私たちを見ていたからである。私は反論を続けるべく皇帝のほうに向きなおる。

「脱線を含めた研究を嫌がっていたのでは、『歴史』もへったくれもありません」

いたずらっぽく皇帝は微笑する。

「ストドリオよりも史料の取り扱いでは『戦史』のルドケオノが比較的望ましく、感情のみでティカトスなどの先輩を腐す『ソイディア人の物語』の著者などは史家の風上にも置けないのであろう？」

「よくご存じで」

竜顔の微笑はよりいたずらっぽく深まる。そして私を指さした。

「どこかの辛辣な博士から聞いたのだ。ところで、先ほどのみ込んだ言葉に免じて彼らを許してやってはくれぬか？」

皇帝の言葉に免じて大赦を与えねばならぬ者とはどんな大罪人なのかと思いながら、再度反対車線側歩道を見やったが単に皇帝の御付の者たちが雁首そろえて突っ立っているだけだった。

「中には、その不本意な執筆の原因となった者もいるようだが」とのお言葉でよく見ると、確かに序文において「そんなことはどうでも良い」と私に言い放った皇族の方もいらっしゃる。

「中の何人かは許せましょう」と私は再び皇帝に向き直る、「が、残りは到底許せません」

「やはり」と皇帝は苦笑を深める、「ドレフリウ派を許すことはならぬ、か？」

「ええ全く。今までトナレイ陛下の伝記に出さなかったその言葉こそが、次に私の書く書籍のテーマになりますので」

「……ほう？　どのような本かね？」

「タイトルは『デト・トネドラ』にしようか、と」

急速に皇帝の笑みが消え当惑の表情になった。

「熱情王《デト・トネドラ》……ということは、トロウス陛下の伝記かね？　それは……」

「珍しくもありますまい。トロウス陛下についての伝記は山ほど出ております。もっとも次回、私は」と通りの向こう側のドレフリウ派を凝視しながら言う。

「雷帝トロウス陛下の側近と、不当に自称したドレフリウ派と子孫たちをもっと徹底的に描写してやろう、と考えているのですが」

「お手柔らかに頼むよ」との皇帝の言葉に振り返ると、かなり心配そうに竜顔が私の顔を覗き込んでいた。

「次の作品ではあまり死者を出さないようにしてくれ」

私は首をかしげる。

「少なくともトナレイ陛下の伝記では、本当に死すべき人を除いて死ぬ人は出ないはずですが」

「ペンは剣より強しなどと言うこともあるが、そのようにわれわれは願う」と頷きながら皇帝は車道の方に少し歩み出た。そして、御付の方々に背を向けるように手前側歩道の私に向き直って、反対車線側歩道を示しながら仰せになる。

「ところで、これから我々と一緒に昼食でもどうかね？」

朕《リウ》の言葉がちゃんと我々《リウ》に聞こえるようにという深謀な叡慮がうれしかった。が、皇帝が指さしたのはアルツァイ広場の高台に鎮座する王立学院大学。反対方向への、しかも坂道を登る？

杖を持つ私の手が震える。私は方便を使って断る。

「いえ、もう昼食は済ませましたので」

「ほう。どこで、何を食べたのかね」と皇帝は私の嘘を見透かしたかのように仰せになる。

「ヴェン・テクラムで」と私は今歩いてきたはるか後方を示す。

「ささやかな膳《ビサン・クサメス》を」

「ビサン・クサメスか」と皇帝は大仰に驚く。「それほどまでに、あれらを許せぬと言うのか」と反対車線歩道を横目で示しながら苦笑する。

ビサン・クサメスという語ほど意味の大きく変わった言葉はない。元々大宴会のはずだった。それが食の禁忌を忘れる宴となり、私にとってのごちそうという意味になり、なぜかつまらぬものですがという謙譲の言葉になった。

あまつさえ……。

「博士が」と皇帝が仰せになる。

「その番組を嫌いであるのは、よく知っている」

困難克服に成功したプロジェクトを紹介する、国営放送の番組名にまでなってしまったのである。もっとも、番組ではなく、その番組主題歌の「人はみな天上の星を見て地上のことを忘れてしまうが、その人たちはどこに消えたのであろうか」という何のひねりもない、ただ暗いだけの俗謡が大嫌いだっただけなのだが。

「だが」と皇帝は再び朕の言葉が我々に聞こえるような姿勢を取る。

「昼食の後は晩餐をヴェン・トゥルミユでと我々は考えている。晩餐にも博士を招待したい」

「陛下、そちらこそご遠慮いたしたく」と私は慌てて言ってしまう。

「しっ」と皇帝が静粛をお求めになる。見ると、こちら側の歩道の通行人の中に、一瞬、我々を見た者が数人いる。うち何人かは情報局のエージェントだろう。構わず、私は理由を皇帝に上奏する。

「地球を四分の一周した先のヴェン・トゥルミユで本日の晩餐を、ということは（皇室御用達の）超音速飛行機で、ご一緒するということですよね？」

「いかにも……」

「あ、いや」と私は言い訳を探す。御付の人と一緒の飛行機で帰るほど気まずいことはない。

「……今日では、どこの国でもリモートワークが主流となっております」

「うむ、便利になったものだ」と皇帝。

「が、そのため使われなくなった建物も多く、いろいろなところで古い建物を『遺構』扱いにして解体後に公園にしてしまうか、再開発して別の建物になるケースが見られます」

「まあヴェン・トゥルミユではあまりないが、他の古い都市ではよくあるなあ」と皇帝。

「パレッケルクでもドンパロイでも、グルプカーレンでもナンシアクにおいても……。それらの解体工事着手前の遺構発掘調査に、できるだけ立ち会ってから首都に戻りたいのですが」

そこで私は右手を上げて宣誓の姿勢を取る。

「もちろん、発掘調査の際の成果は、私の著書に反映いたします。はい、史家ルドケオノのように」

突然、皇帝は空を見上げて呟く。

「ルドケオノ、『思い出の人』の意か……。ばばあがいなくなって私は寂しい」

私は、皇帝が何のはばかりもなく「初恋の人」とも「ばばあ」とも呼び、皇帝の祖母でもあり、私を「友人」と言ってくれたアーリア・ライラを思い出し「私も寂しゅうございます」と言う。

ふと、皇帝は周囲を見回す。思わず一人称単数代名詞の「私」を使ってしまったのが気恥ずかしい様子だった。だが皇帝は、いたずらっぽい笑みを見せる。そして自身と私を交互に示しながら仰せになる。

「いや、我々の『ばばあ』だ。ばばあの話をまた博士から聞きたい」

「なるべく早いうちに参内……」

そこで皇帝は周囲を伺いながら私を制した。私は言い直す。

「……訪問することにいたします」

「そうしてくれ」と皇帝は周囲を見回し、青信号となった横断歩道を渡り始める。

「というのも、博士も見たとおり、ばばあの部屋は亡くなったときのままにしてある」

「……ということは、立体映像が表示されたまま、ということで?」

アーリアは亡くなる寸前、クロイゼドラウグ宮殿における幼い日々を立体映像にして部屋に投影していた。

「そうだ」と言いながら皇帝は前を向いて歩き出そうとした。が、もう一度振り返る。

「本当に、早めに来てくれ。またまたコロバスタンみたいな遠方にまで出かけてはならぬぞ」

私は黙って一礼する。姿勢を元に戻すと皇帝は御付の者たちに、いや背後の私にかもしれないが、手を振りながら点滅しはじめた信号を気にして小走りになろうとするところだった。御付の何人かは顔をしかめる。信号を気にして小走りになる皇帝陛下など、そうそういるものではない。

横断歩道の信号が赤になったので、私は足をさらに西へと進める。ゆっくりとした下り坂に沿って、左手にニュイヴォルド通りの官庁街、そして右手に新市庁舎を眺めながら。そうこうするうちに、ニュイウケルプ川にかかるユズィウス橋を渡った。

近年の改装により橋の歩道はだいぶ広く、快適ではある。ただし、私は歩きすぎたのであろう。渡り切ろうとした際、足が辛くなってきた。杖にすがりながら歩く私の様子を見かねたのか、橋のたもとに少しくぼみがあり、腰かけられるようになっていて庇までついている所にいた親子連れの、母親らしき女性が子供に言う。

「ほら」と母親は手にした昼食のサンドイッチをのみ込みながら子供に言う。

「アモット、立ちなさい。お年寄りには席を譲るものですよ」

確かに私も若くはない。いかに医学が進歩したと言っても、年齢が七十を超えれば高齢者と言われて文句も言えないが、年寄り扱いされて少々傷ついたような気がした。

が、咎めるのも無粋であるので別件について母親に質問する。

母親の背後の壁に掛けられている、人名の入らぬ肖像画プレートを杖とは反対の手で示す、「ところで、この方がどなたか、ご存じかな？」

「えっ、この人、ユズィウスさんではなかったのですか？」

「母さん、僕、まだ食べているよ」と子供が不平を言う。

私は母親の言葉が違うと首を横に振る。が、母親は別の意味に受け取った。

「そのホットドッグは歩きながら食べて良いから、このおじいさんに席を譲りましょうね」

母親は息子を急き立てながら立ち去ってしまう。仕方ないので私は礼を言いながら、そのプレートの前に座って、つかの間の休息をとることにする。そして、プレートを見上げる。

ユズィウス橋建て替えのスポンサー、トナレイの例の最高の笑顔がプレートとなって掛かっていた。が、晩年は頭が少しおかしくなったことを憚ってか無銘となっている。

プレートの肖像画の視線を追う。そこには、帝国広場改装のスポンサーであり、多額の持参金・アーレル金貨の持ち主でもあるアルベラ・サイラの銅像がユズィウス橋を見下ろすかのように立っていた。まるで未来と愛する夫に対して幸せそうな笑みを向ける妻の銅像を、トナレイが最高の微笑で見上げているようにも見える。そこにはもはや寛容も不寛容もなく、ただ将来への希望を夢みて、お互いに信頼し、愛し合う二人があるのみである。

トナレイのプレートとアルベラの銅像は、彼らが生きた時間よりも長い未来の期間において、幸せそうな微笑をお互いに向け続けるであろう。

（完）

主要参考文献

原武史『大正天皇』
（非刊行）我門家由緒書
あずみ椋『ニーベルングの指輪』
渡辺光一『アフガニスタン／戦乱の現代史』
土肥恒之『ロシア・ロマノフ王朝の大地』
アンリ・トロワイヤ『アレクサンドル一世』
臼井隆一郎『コーヒーが廻り世界史が回る』
安達正勝『死刑執行人サンソン』
紫式部『源氏物語』
多田井喜生『朝鮮銀行／ある円通貨圏の興亡』
田代櫂『アントン・ブルックナー／魂の山嶺』
岩野裕一『王道楽土の交響楽／満洲・知られざる音楽史』

中丸美繪『オーケストラ、それは我なり／朝比奈隆四つの試練』
ウンベルト・エコ『論文作法』
伊藤潔『台湾／四百年の歴史と展望』
小谷賢『日本インテリジェンス史』
遠藤達哉『ＳＰＹ×ＦＡＭＩＬＹ』（英訳）
ゲリット・Ｌ・ヴァーシュアー『インパクト！／小惑星衝突の脅威を探る』
クラウス・マン『小説チャイコフスキー』（和訳）
クラウス・マン『悲愴交響曲／チャイコフスキーに関する伝記的小説』
（右記の独文原本からの英訳、と言いつつ２ページ丸々仏語という部分もあるが、
　英訳者がさぼったのだろう）
倉本一宏『三条天皇』
蕃納葱『教艦ＡＳＴＲＯＳ』（英訳）
我門隆星『熱情王の生涯』

配偶者と同じ墓に納骨する際、
自身の戒名のランクも合わせるべきだという、
しきたりに関する知見がないにもかかわらず
「俺が死んでも戒名なんか要らんで」と
言ったわが父・瑞祥院に本書を捧げる。

著者プロフィール

我門 隆星（がもん りゅうせい）

大阪府出身、在住。

桃山学院大学卒業。

IT 関連企業勤務。

著書に『ひきこもりのおうじさま』(2009 年)『熱情王の生涯』(2011 年)『白鳥半島 When I Loved Miss Swan and Señorita Peninsula』(2013 年)『星々の彼方にきっと彼は住み給う Über Sternen Muß Er Wohnen.』(2022 年、いずれも文芸社刊) がある。

『ひきこもりのおうじさま』『熱情王の生涯』本作、および『星々の彼方にきっと彼は住み給う』の世界を理解するための用語集・年表等を、我門隆星 HP「永遠に何もないサイト」で公開中。

寛大なる不寛容

ザーリップ朝第十五代当主「皇帝らしくない皇帝」トナレイ・イリウスの伝記

2023年 9 月15日　初版第 1 刷発行

著　者　我門 隆星
発行者　瓜谷 綱延
発行所　株式会社文芸社
〒160-0022　東京都新宿区新宿 1－10－1
電話　03-5369-3060（代表）
03-5369-2299（販売）

印刷所　株式会社平河工業社

ISBN978-4-286-24443-3